Sem os dentes da frente

André Balbo

ABOIO

Sem os dentes da frente

André Balbo

Dios está en los detalles de la dentadura
Valeria Luiselli, *La historia de mis dientes*

Casa vazia

Poderia ter sido uma pulseira, a aliança, um relógio de parede, o controle da TV, mas quis o destino que numa manhã ela acordasse no chão frio.

O sumiço da cama não incomodou a dona do apartamento. As coisas sumiam mesmo. Além do mais, tinha passado o último mês dormindo quase sempre no sofá. Depois de duas ou três noites, já nem mais sentia o desconforto. Era pequena e cabia com folga nos três assentos, pegava uma manta aveludada e estava feita. Noites bem dormidas não eram mais uma necessidade diária, estava afastada do trabalho.

Na primeira noite sem cama, assistiu a três filmes. No último deles, um filme de terror hispano-mexicano, quando finalmente sentia as pálpebras pesadas, perdeu o sono ao se dar conta de que um homem gordo que entrava em cena era o mesmo ator que interpretava o Seu Barriga, do seriado favorito do primeiro namorado. Foi dormir por volta das 5h30, se lembrou de ter visto no celular que, algumas horas depois, quando ela acordou, já não estava mais lá.

Como estava sem responder a maior parte das mensagens e não tinha ninguém com quem quisesse falar, não se importou. Sentindo a barriga roncar – fazia talvez dois dias que não ingeria uma refeição de verdade – e a cabeça doer, se empurrou até a cozinha. Não achando nenhuma panela, desistiu dos ovos fritos antes mesmo de abrir a geladeira. Melhor assim: ao abri-la em busca de um pedaço de queijo, os ovos tinham sumido.

Almoçou três fatias de queijo branco e duas torradas. Indiferente ao próprio bafo, porém incomodada com uma lembrança distante de ter tido cárie na infância, foi até o banheiro. Esfregou os dentes com o indicador mentolado e fez bochecho com a água do chuveiro, dizendo para si mesma que a pia que tinha desaparecido era mesmo feia.

E assim nos próximos dias as coisas continuaram sumindo. Não doía, não era ruim. Acordava, abria os olhos, e a coisa já se tinha ido. Chegou a arriscar um inventário mental, por pura distração, percorrendo os cômodos com olhos minuciosos, sempre evitando o quarto dos fundos em suas contagens. A porta ficava trancada, e a chave, presa a um chaveiro da Hello Kitty, enfiada no bolso da calça. O importante eram os outros objetos.

Lâmpadas, abajures, vasos, porta-retratos, livros, prateleiras, clipes, lápis, canetas, caderninhos, notebook, mesas, cadeiras, calcinhas, gavetas, cômoda, cortinas, penteadeira, maquiagens, pratos, talheres, micro-ondas, bisnaguinhas, requeijão, chocolate em pó, mel. A cada desaparecimento, ela por algum tempo se pegava pensando nas suas memórias da coisa sumida. Não chegava a sentir saudade, mas algo instintivo a fazia querer confirmar para si que algumas coisas tinham de fato existido.

Atenta para o frio que se intensificava e para a permanência do armário, ela, cuja legging frouxa tinha desaparecido das pernas, vestiu uma calça de moletom grossa e duas blusas de lã. Na mesma semana viu desaparecerem as mantas e os cobertores. Dormiu enrolada num tapete e, ao acordar, com o umbigo para baixo, não se viu acometida por uma crise de espirros. O pó tinha desaparecido.

Os últimos itens a fugirem do apartamento, numa mesma manhã, foram a maçaneta da porta de entrada, o espelho na parede sem pia e duas fatias de pão bolorento. Pouco se importava: não pretendia sair nem receber ninguém, muito menos fazia questão de comer e encarar os hematomas espontâneos do próprio rosto. No máximo, de tempos em tempos, quando se deixava entregar a um instante de inquietude, tocava os dentes da frente, provando se ainda estavam ali.

Aos poucos, já acostumada aos cômodos vazios, começou a perceber que não só as coisas mas as memórias associadas a elas também estavam desaparecendo. Dias depois do sumiço da TV já não se lembrava de nenhuma série ou filme assistidos nas últimas semanas. Em algum momento sequer sabia a diferença entre uma série e um filme. Lembrava-se de ter perdido álbuns e retratos, mas não sabia que fotos estavam neles. Só sabia como tomar banho – lavava o mínimo – porque o chuveiro ainda não tinha desaparecido.

Numa madrugada, olhando pela janela a luz acesa de um apartamento no prédio da frente, chegou a se questionar se morava de fato no 14º andar. A ideia de organizar as coisas com números pareceu arriscada: se eles sumissem, ou se embaralhassem, para onde iriam as coisas elas mesmas? E ainda assim talvez fosse menos perigoso dar números do que dar um nome. Tentou cantarolar para afastar a ideia, mas se engasgou com a saliva, sem saber se aquilo era uma tosse ou a própria melodia.

Suportou o frio dos pisos sabe-se lá por quantos dias até que, enfraquecida no estômago, um pensamento lhe atravessou. Sentiu a chave pesar no fundo do bolso, como um fardo que há muito se protege e se ignora. Levantou-se e, debilitada, ganhou o corredor em direção ao quarto dos fundos. Passou a chave e hesitou alguns segundos antes de abrir a porta, constatando que o esquecimento daquele cômodo, ao contrário das outras coisas, era voluntário. Acendeu a última lâmpada do apartamento.

O quarto estava intacto. A caminha branca, a colcha com motivos circulares, as almofadas rosadas, os bichinhos de pelúcia, a mesa de cabeceira branca, a luminária em formato de lua cheia, a escrivaninha com estante, a cadeira com estofado lilás como as listras do papel de parede, a prateleira com retratos borrados e um vasinho de violetas vivas, as estrelas fluorescentes coladas no teto. Passeou mais uma vez os olhos pelo quarto, demorando na cama e na janela fechada. Entrou, deixando a porta aberta.

Com movimentos trépidos, transportou os bichinhos de pelúcia para a escrivaninha, de dois em dois, e colocou as almofadas no chão. Tirou as poucas roupas do corpo e se embrulhou entre a colcha e o cobertor, cuidadosa, sem mover um centímetro do travesseiro. Esforçou-se para respirar o mínimo, pela boca, quase arfando, embriagada do cheiro fabricado por algo como uma lembrança. Acordada há dias, sentiu o sono chegar, preenchendo cada resto de músculo, cada fibra de junta. Deixou-se entregar ao torpor e desejou, antes de fechar os olhos, que seu corpo se fundisse ao colchão, à cama, ao quarto todo. E então, quem sabe, no dia seguinte, sem alarde, sem espetáculo, ela também tomaria o rumo das coisas desaparecidas.

Os desaparecidos

Notícia do semanário Correio de Vila Alva, 28 de agosto de 2026:

CHUVA ESQUISITA

Violenta chuva caiu em plena luz do dia, sobre o Cemitério Santo Antão, na cidade de Desterro, no dia 26 de agosto. Apenas funcionários testemunharam o fato. A princípio pensaram se tratar de granizo, devido ao som forte contra as telhas. Depois, no entanto, um funcionário, Isaías (44), averiguou que não eram pedras de gelo, mas lagartixas. Mortas. Não foi possível, entretanto, entrevistar o referido funcionário. Bárbara Erasmo, prefeita da cidade, afirmou em suas redes sociais que o caso não passa de um mal-entendido.

Tweet de Olegário Lins, ex-prefeito de Desterro, 29 de agosto de 2026:

É OFICIAL: choveu lagartixa no Santantão! Fui rezar p/ minha mãe no dia seguinte e posso garantir q é verdade. O chão estava COBERTO de lagartixas! Não tem nenhum mal-entendido, Sra. Prefeita!

Do livro *Cem anos de solidão*:

Viram-se a si mesmos no paraíso perdido do dilúvio, patinhando nos charcos do quintal, matando lagartixas para pendurá-las em Úrsula, brincando de enterrá-la viva (...)

Do livro *O vento que arrasa*, de Selva Almada:

Como se aquela terra não parasse de fazer merda e tivesse de ser castigada o tempo todo.

Rabiscado numa carteira da Escola Municipal Professora Gilda Gordo, lia-se:

Desterro é amaldiçoada.

...

Aconteceu que os funcionários do cemitério sumiram. Menos eu. Um dia depois da chuva estranha que acometeu o Cemitério Santo Antão do Desterro, Isaías, o jardineiro, Débora, a supervisora, e Daniel, o diretor, não apareceram no trabalho pela primeira vez em anos. Quando o delegado passou a tratá-los oficialmente como desaparecidos, já não havia mais dúvida na cidade sobre o seu paradeiro: tinham sido pegos pelo Homem Lagarto.

Como todos, fui obrigado a tomar a sério o antigo folclore depois que o céu desembuchou centenas, milhares de lagartixas sobre o Santantão. É claro que o serviço de varrer e enterrar as pragas foi destinado a mim, meu trabalho era mesmo o de cavar covas. Enquanto abria um buraco a três palmos do solo, prestes a morrer o sol, ouvia Isaías desenterrar uma cantiga de roda desterrense que não escutava desde meus dias de menino:

Ele é o homem com escamas
O seu olho é amarelo
(Corre, corre) Sai da grama
(Sobe, sobe) No telhado

Quem é ele? Quem é ele?
Ele é o Homem Lagarto
Quem é ele? Quem é ele?
Ele é o Homem Lagarto

Nos dias seguintes não havia nada além da pulga atrás da orelha: por que eu tinha sido poupado?

A pessoa mais entendida de crenças e que poderia formar juízo do assunto era Isaías. Estava impedido justamente por ter desaparecido. No barracão que frequentava, me contou uma vez, o Pai dizia já ter avistado o Homem Lagarto nas cercanias de uma cachoeira. "Se cruzarem com ele, não o incomodem, ou ele incomodará de volta". Já o pastor da minha igreja disse não precisar ver para crer: "É uma criatura horrenda, de nudez exposta, sempre à espreita. Este lagartão é o filho do Coisa-Ruim!".

Longos foram os dias em que eu era a única alma viva no Santantão, a não ser pela manhã seguinte à chuva esquisita, quando o ex-prefeito visitou o campo-santo para depor novos crisântemos no túmulo da mãe. Não deve ter me visto, ainda bem. Na mesma tarde, atendi ao telefone na administração e expliquei para um tal repórter de Vila Alva o que tinha acontecido. As coisas seguiram como sempre: ninguém morria, ninguém visitava os mortos.

Sem covas para cavar e acumulando, além da minha, as funções de diretor, supervisor e jardineiro, me ocupei com certeza da última. Quer dizer, Isaías, ele próprio, também era uma espécie de coveiro. Corpos ou plantas, não importa: nosso trabalho é o de cavar no sentido da terra.

Os primeiros dias correram em silêncio e serviram para cuidar de capina, varrição e roçada. Regava as flores brancas e vermelhas, desenraizava as amarelas bravias e operava transplantes de plantas variadas. Calado, me perdia de propósito no labirinto. Ia da direita para a esquerda, da esquerda para a direita, avançava, retrocedia, procurando nas alamedas lagartixas esquecidas. Podava arbustos, diminuía a altura dos gramados nos flancos e arrancava urtigas e daninhas. Tudo só para bater perna, bem é verdade, já que em menos de dois meses o Santantão seria entregue a uma administradora de nome estrangeiro.

Sem as ordens de Débora e os braços de Isaías, na segunda semana decidi caprichar na zeladoria. Ao menos o tanto que era possível. Materiais eram impróprios e poucos, caixas de ossos eram improvisadas, ferramentas e utensílios estavam corroídos. Luvas, botas e outros equipamentos de segurança estavam avariados, sem falar no fardamento, que eu mesmo remendava em casa, sabendo que novos não chegariam.

Não havendo sinal de nuvens carregadas, normais ou cheias de lagartixas, aproveitava para impermeabilizar alguns jazigos recentemente liberados. Entre coisa e outra, procurava pontos de água parada e lavava pratos dos vasos com bucha e sabão. A temporada de mosquitos estava se aproximando, quando aí sim chegariam novos corpos. Em Desterro, no verão, até em casa com piscina de alvenaria tem gente que morre de febre.

Certo dia eu atravessava a alameda central em direção ao pátio interno. Quando passei pelo famoso túmulo da mãe do ex-prefeito – Gilda Gordo foi presa umas tantas vezes na capital, antes de sumir, mais de 50 anos atrás – era por volta de 17h30. O sol, já baixo, mudava a cor do terreno, e o verde das plantas e gramados era de musgo aveludado. Foi quando começou. Lembro de ouvir os grilos num arbusto que brotava do lado do granito. Depois, um cheiro horrível. Me senti fraco de repente, alguma coisa entre um frio agudo nos joelhos e a querência de uma dose de cachaça. Chegando ao corredor interno, me apoiei na parede de cobogós, encarando a outra com dificuldade para puxar o ar. Meu corpo escorregou por ela e perdi os sentidos.

Quando acordei, de bate-pronto o sentimento: fui pego pelo Homem Lagarto. Aos poucos, para o bem e para o mal, não só afastei essa ideia como também fui ficando ainda mais aflito. Eu estava na minha cama, deitado de lado, junto à parede, a cabeça quase tocando os joelhos recolhidos. A lâmpada do teto, amarela, estava acesa. Vestia o fardamento de trabalho, sujo e remendado, bege como um cachorro de posto na hora do almoço. No bolso da frente, achei o celular e conferi as horas: meia-noite. Demorou uns bons segundos para se apagar o borrão entre a parede e os meus olhos, que não se ajeitavam com a luz e as marcas de umidade. Azedo, cocei alguma coisa na boca com a língua.

Ao me mexer, agitando as pernas e inflando o peito, pressenti que havia um peso atrás de mim. O medo rendeu a cegueira e respirei como quem se prepara para pedir alguma coisa ao patrão no começo da semana. Senti um cheiro podre. Nauseado, me virei de um só giro. Não me lembro se cheguei a gritar com o que vi.

Pelado, estatelado, o corpo magro de Isaías ocupava o outro lado da cama. Me desfiz numa tremedeira de motor velho, menos por ver meu camarada de trabalho morto e mais por não ter dúvida de que o pastor estava certo. Aquilo só poderia ser obra do Homem Lagarto, enviado pelo próprio Sete-pele lá do quinto dos infernos. Fiz como qualquer um faria no meu lugar: corri até o banheiro. Ensaboando as mãos, depois da descarga, reconheci no espelho minhas rugas de fodido agoniado.

Recuperado do desarranjo, inutilmente rezei para que, quando voltasse ao quarto, o corpo não estivesse mais ali. Ao reencontrá-lo, cuspi uns palavrões de futebol e insultei a memória do morto. Deus e Isaías que me desculpassem, mas o que esperavam de mim? Como eu explicaria tudo aquilo para o delegado? Justo eu, o único funcionário do cemitério que não tinha desaparecido, com um dos cadáveres esparramado na minha cama. Achariam que eu estava escondendo o corpo aquele tempo todo, é claro, como da vez em que um Menino Jesus cabeçudo de porcelana sumiu da administração do cemitério e me perguntaram se por acaso eu não tinha pegado por engano.

Assumi então: o que a vida queria de mim não era nem mais nem menos daquilo que eu era. Um coveiro. Na secura do começo da madrugada, carreguei o corpo de Isaías até a calçada e o enfiei no banco de trás do meu carro, confiando que àquela hora se algum vizinho estivesse acordado seria para bater o bife depois da bebedeira, e não para bisbilhotar pela janela.

Dirigi da vilinha até o Santantão com a cabeça burra, encafifado com a minha decisão, parando e ruminando a cada cruzamento. E se eu jogasse o corpo no precipício na margem da estrada? Só não levei a ideia a cabo pelo desaforo que seria espatifar Isaías em meio a ervas, terra e pedregulhos. Quer dizer, por isso e porque tinha mesmo me convencido de que não era esse o meu trabalho.

Estacionar nos fundos, abrir o portão, voltar para o carro e transportar o corpo até a alameda central foi tudo uma coisa só. Já percorrer o labirinto com setenta quilos nos braços, mais o receio de derrubar o corpo e rachar sua cabeça numa pedra, foi uma peleja para o meu pulmão e meio. Escolhi um gramado cheio de folhas atrás da capela mortuária – estava interditada há mais de um ano – para a sepultura de Isaías, a terra mais fofa. Deixei o corpo e fui pegar a pá e a enxada. Voltei rezando, como mais cedo, para que ele tivesse simplesmente desaparecido.

Depois de muito brigar procurando uma posição para manter o celular firme, escorado entre duas pedras com a lanterna acesa, dei início aos trabalhos. Daí por diante meus movimentos foram de torneiro velho. Nada me afetava enquanto golpeava o solo, puxando torrões de relva, desde o grito dos grilos e gafanhotos até o vacilo dos meus ombros. Não descansei até empapar o uniforme e atingir a fundura necessária. Como a uma semente de hortaliça, depositei Isaías na cova, colocando cuidado em meus atos para respeitar seus últimos instantes antes do soterramento. Só não tive forças para fazer uma prece.

No carro, apesar do estofado velho que piorava qualquer catinga, o cheiro ruim tinha fugido no ar e considerei que não seria necessário lavar o banco traseiro. Talvez um bom desodorante. Dirigi sem pressa. Com o sangue menos quente, banho tomado e cueca de dormir no corpo, fiz uma promessa para o espelho, ignorando minha pele envelhecida: visitar todos os dias o túmulo secreto de Isaías.

Promessa era dívida, eu sabia de pequeno, mas quando feita sem a presença do beneficiado não passava de intenção. Deixei de visitar o túmulo no dia seguinte e só fui fazê-lo na outra semana, depois de uma noite de chuva. Esperei o final da tarde para tomar o rumo da capela, depois de passar a corrente no portão da frente e de garantir que não havia ninguém por ali.

Eu já não me lembrava do que era aquela miséria na garganta, uma coisa rangida, a sensação de que a vida pariu uma desgraça e ninguém mais percebeu. Até pisar no gramado atrás da capela. Foi como morder de novo, depois de homem feito, um mesmo caju estragado da infância, pois não havia uma, duas ou cinco, mas dezenas de novas lagartixas mortas sobre a sepultura de Isaías. Apertei os olhos, primeiro para ver se me escondia da cena, e depois porque fui acometido por uma tontura. Desmaiei.

Quando recuperei os sentidos, na minha cama, voltado para a parede, não me mexi. Lamentei que a luz estivesse acesa. Eu estava vestido com a roupa de trabalho e encolhido na mesma posição da última vez. Quis encascar, virar tartaruga. Não foi um mau pressentimento, mas uma certeza: tinha alguém ao meu lado. De punhos calejados, girei o pescoço com um soluço.

Me culpei por ver os seios de Débora e quis tapar os olhos com a palma da mão. Só não evitei ler a tatuagem em suas costelas: nos sonhos não se sente dor. Arrependido de como tinha tratado do corpo de Isaías, a cobri com um lençol branco antes de levá-la ao carro no começo da madrugada. No caminho até o Santantão, cruzei as ruas e as esquinas acelerando feito moleque. Apertava o volante e evitava de encarar o retrovisor, sem valentia para o caso de o corpo no banco traseiro se aprumar como um fantasma.

Débora era tão ou mais pesada que Isaías. Quando cheguei ao gramado atrás da capela, observei que a terra estava ainda coberta de lagartixas. Abri um segundo buraco e deitei o novo corpo com rapidez, despejando, na mesma cova, todos os míseros lagartos acinzentados. Senti pena da defunta, apenas um lençol sujo e esburacado protegendo seu rosto das patas e rabos daquelas criaturinhas. Voltei para casa e, de frente para o espelho, não fiz nenhuma promessa.

Dizem os mais experientes que o bom coveiro é um quase mudo. E de tanto ficar quietos, aprendemos a ver as coisas antes das coisas acontecerem, como se tivéssemos um terceiro olho. Nos dias seguintes ao enterro de Débora, sozinho no cemitério, de alguma forma eu contava as tardes para o próximo sepultamento clandestino. Até que choveu.

Caindo de fadiga depois de enterrar o corpo de Daniel junto a uma pilha de lagartixas frescas, me sentei distraído sobre um monte de folhas, sem que nada me preocupasse. Pelo contrário, fui abraçado por uma gostosa sensação de livramento. Isaías, Débora e Daniel estavam sepultados e, graças ao bom Deus, não havia mais corpos desaparecidos para surgirem em minha cama. Apertei com força o cabo da pá, entorpecido pela meia garrafa de cachaça. Tombei de sono no gramado.

Ao despertar babando na minha cama, senti calor e me veio uma raiva de acusado. Como diachos tinha acontecido de novo? Quer dizer, ao menos dessa vez tinha bebido. Talvez tivesse batido a cabeça, talvez tivesse perdido a memória. Entre a ira e a curiosidade, me virei para tirar a prova. Tirei, no lugar, a lucidez. Ao meu lado estava meu corpo, meu próprio corpo em carne e osso, largado murcho como os outros. Tropecei até o banheiro, tossindo, na esperança de que repetir os mesmos passos ajustasse minhas ideias como das outras vezes.

Puxei a descarga e me levantei para lavar as mãos, o espelho embaçado por um banho que não tomei. Com alívio, com humilhação, com terror, toquei meu rosto cheio de escamas acinzentadas, entre lisas e rugosas. Esfreguei e pisquei os olhos, duas bolas amarelas brilhando sob a luz fraca do banheiro, e senti sede. Muita sede. Tirei a roupa, vesti meu cadáver sobre a cama e deixei a casa, rastejando no escuro, em busca de uma cachoeira esquecida de que já começo a me lembrar.

A casa de boneca

Era tão grande que teve de ser carregada a três braços, pelo motorista vesgo e barrigudo da caminhonete e por madre Verônica, até o pátio interno e lá ficou, apoiada em dois caixotes de feira ao lado do fontanário central. Antes de ser fixada na velha biblioteca, recuperada do incêndio, a casa de boneca ficaria ao ar livre até que o cheiro de tinta se extraviasse. Não choveria, pelo menos não até o dia seguinte, garantiu a madre superiora passeando os olhos pelo céu nevoento antes de voltar o hábito para um grupo de freiras que a observava em quietude.

Pois bem, estão todas esperando os anjos prepararem o almoço?

Arroz, feijão preto, acelga e acém, licenciosos em seus vapores acebolados, escapavam pelo basculante, atravessavam o corredor e fintando as inúteis luzes do teto se embrenhavam pela dupla de janelas guilhotina do dormitório escuro e bolorento das órfãs. Longe das camas, e de barriga vazia desde as torradas e o leite desnatado da manhã, as agora sete órfãs, apenas sete, estavam reunidas em frente à casa de boneca no pátio. Os muros do claustro eram revestidos dos mesmos azulejos em tons azul e branco da nave e ornamentados com parreiras que, tão gordas naquela época do ano, davam uma tentadora cor local. Eram deslumbrantes, ao menos enquanto o trabalho silencioso e subterrâneo das formigas, promovendo a dispersão de cochonilhas, não alcançava seu potencial máximo.

Sem pisar na grama, ordenou irmã Denise, ainda que Katherine nem mesmo tivesse levantado o pé, como se traduzisse suas intenções mais íntimas. Algumas confusas, outras surpresas, todas elas reduzidas, as órfãs ouviram a freira relatar as dificuldades de madre Verônica para encontrar o artesão virtuoso, um frade dominicano já de incerta idade, que havia construído a casa de boneca de forma totalmente manual, partezinha por partezinha, estão vendo? Diante de tamanho empenho, era dever delas cuidar daquela enorme miniatura como se cuidassem do seu próprio lar.

Reprimindo as mãos, agitadas e umedecidas, irmã Denise, a freira arquiteta, explicava tudo em pormenores porque, no fundo, estava orgulhosa de si nas últimas semanas: em primeiro lugar porque se tornara a responsável pela triagem dos livros que recebiam como doação, tarefa com a qual até sonhava, selecionando os títulos pertinentes para compor a biblioteca e enchendo caixas de papelão com aqueles que eram encaminhados para uma ONG; em segundo lugar porque, dois dias depois do incidente, a superiora a incumbira de desenhar o projeto da casa de boneca, para o qual encontraria um artesão de primeira, assim dizia, para executá-lo com precisão e salvar aquelas órfãs de novas desgraças.

Detalhes, irmã Denise, muitos detalhes, cores, cômodos, piso, não deixe passar nada. Como madre Verônica quase nunca era vista na biblioteca, embora ocasionalmente repetisse na frente das órfãs que conhecia inúmeros "clássicos estrangeiros", irmã Denise não viu problema em buscar inspiração para o projeto, ou melhor, copiar à letra uma casa de boneca do conto de um livro que escondeu sob o hábito durante sua primeira triagem, e que lia na cama, antes de dormir, e ocultava no fundo da gaveta de meias brancas. O que nunca imaginou é que o tal marceneiro, um dominicano não ordenado, fosse levar à risca e ao formão todos os detalhes e descrições.

A casa era de um verde espinafre, escuro, oleoso, realçado por um amarelo vivo. As duas chaminés pequenas, coladas no telhado, eram pintadas de vermelho e branco, e a porta, reluzindo de verniz amarelo, parecia um pedaço de caramelo. Uma faixa larga de verde dividia os painéis das quatro janelas, janelas de verdade. Havia também uma varandinha minúscula, pintada de amarelo, com grumos de tinta seca ao longo da beirada. Todos os aposentos tinham as paredes revestidas de papel e ornadas por quadros, com moldura dourada e tudo. Todo o chão, exceto na cozinha, era forrado com um tapete vermelho; cadeiras de pelúcia vermelha na sala de estar, verde na sala de jantar; mesas, camas com lençóis de verdade, um berço, um fogão, um guarda-louças com pratinhos minúsculos e uma jarra grande. Mas a ideia que irmã Denise mais gostou de roubar do conto foi a lamparina. Ficava no centro da mesa de jantar, uma linda lamparina de âmbar com um globo branco. Estava até cheia, pronta para acenderem, embora, claro, a superiora jamais fosse deixar.

Era perfeita, perfeita a casinha.

Ninguém se importa com o cheiro de tinta, pensou Katherine, cuja sapatilha azul-bebê perdeu o chão por um ou talvez três segundos enquanto se esticava, a carranquinha investigando como um fantoche. Cadê as bonecas, perguntou, os dentes miúdos, irregulares, excessivos para o curto espaço da arcada, o lábio superior também curto, franzido no esforço de esconder a ponta dos dentinhos. As bonecas, retomou irmã Denise, vocês vão costurar com tecido e retalho, depois do almoço, e cada uma vai poder ter até duas, mas brincar com elas na casa, só amanhã. Ouviram bem? Hoje não quero ver nenhum atraso ou conversa na hora de dormir, ou vão perder tempo de recreio amanhã.

Sem resmungos ou olhares tortos para advertir, a freira organizou as órfãs em fila, contornou o fontanário e marchou pelo verde corredor lateral em direção ao refeitório. E sob a espessa ramada de um caramanchão se perguntou, apesar de ser um único dia de espera, se a precaução da superiora com o cheiro de tinta era mesmo sensata diante do perigo. Se tivessem uma casa de boneca desde o começo, ela pensava, sentindo o estômago refluir, talvez a desgraça nunca tivesse acontecido, tampouco a posterior adoção em massa, e as órfãs ali ainda seriam em trinta, sem nenhuma tragédia comum que as enredasse.

Aconteceu semanas antes, no dia em que irmã Maria José sentiu um estalo no céu da boca e se levantou no refeitório, durante o café da manhã, e contou e recontou vinte e nove meninas, e não trinta como deviam ser, antes de bater os pés sobre a cerâmica e sair mancando pelo orfanato em busca de Alice, a mais cordata e invisível entre as órfãs. Katherine temeu que dali em diante fossem intensificar a patrulha noturna. Temeu, ainda, que não fosse mais ter uso a intuição azeda que havia desenvolvido, capaz de antecipar com rigor bizarro a aproximação de alguma das freiras no escuro. Shhh, a irmã Maria José está vindo! E ao ouvirem esse alerta, repetido por cinco noites seguidas antes que as freiras descobrissem, desfaziam a roda sobre o carpete cinzento e recolhiam pentes, a escova de cabelo, presilhas, elásticos, o rosário e o potinho de tinta vermelha, que escondiam entre o colchão e o estrado de uma das camas, enquanto Carla e Emília, as irmãs que ocupavam o único beliche, aos fundos, arrastavam o corpo gélido, mirrado e fedido de Alice para debaixo da composição, o pescoço lívido cheio de equimoses e escoriações.

Madre Verônica não pôde evitar uma vaga náusea e algumas lembranças do incidente não respondido antes de bater na porta dos aposentos de irmã Denise, o céu das cinco e meia da manhã afogueado. A superiora não deixaria que a outra dormisse nem mais um minuto; e assim não passava das seis horas, o gosto salgado da manteiga ainda pinicando a língua, quando executaram, cambaleantes, o transporte da casa de boneca, do pátio orvalhado para a biblioteca, e ela se desculpou com Deus por ter praguejado contra a chuva fina da madrugada e, depois, por ter desejado ter dois braços durante a tarefa.

Tudo precisava ficar bem.

Depois de a congregação quase ter sido obrigada a encerrar o serviço de acolhimento, com direito a polícia, assistente social e noticiário, sem falar no repentino interesse da comunidade na adoção das meninas, estavam se reconstruindo com votos e entrega. Viviam para Deus e para aquelas crianças áridas, tristes, marionetes castigadas pela necessidade de amar, pelo desejo de serem felizes em sua morada, nem que fosse à esganadura, era o pensamento que madre Verônica imiscuía na primeira prece de todos os dias, desde o incidente, vendo rapidamente as órfas se reduzirem a sete. Ainda que não percebesse, temia a si própria acaso tivesse de cruzar mais uma vez pelas mesmas trevas, temia o que seria capaz de fazer se tivesse que outra vez acobertar aquela garotinha filha de uma meretriz.

Poucas horas depois de instalar a casa de boneca na biblioteca, madre Verônica, contra todas suas preces, narraria ao delegado e ao jovem escrivão, os mesmos da última vez, que naquela manhã estava reclusa no banheiro, por volta das seis e trinta, realizando suas necessidades, no momento em que irmã Maria José, ela outra vez, aos gritos, constatou o novo incidente, quando na verdade – somente Deus e ela sabem disso – estava remexendo a gaveta de irmã Denise em busca do livro que descobrira há algumas semanas e vinha lendo escondida nos horários em que a irmã cumpria escala longe dos aposentos.

Na manhãzinha seguinte, depois de uma chuva fraca e duradoura, fora de época, irmã Denise faria a mala – desviaria alguns livros – e deixaria a congregação, às pressas, não sem antes destroçar a marretadas a casa de boneca. Sob o jugo silencioso e assustado das outras irmãs, partiria, espedaçaria, racharia, lascaria. Pouparia somente a mesinha de jantar e a lamparina de âmbar com um globo branco, que acenderia com um isqueiro antes de ir embora. Madre Verônica, ocupada tentando extrair de Katherine uma nova confissão, ingressaria na biblioteca com a destruição já finalizada. Morderia os lábios em idioma obscuro e agitaria o coto para cima, devolvendo para Deus o destino daquelas agora seis meninas. E mais tarde, recolhida em seu aposento, sozinha e deficiente, se sentiria esquisita ao perceber que nunca leria a próxima história do livro sumido da gaveta.

Híbridos

A divisão tática da polícia invadia e pisoteava as casas em busca de aposentos secretos. Quando achavam um esconderijo, arrastavam para fora os fugitivos. Também aqueles que ajudavam a esconder os refugiados eram presos. Se bem que "refugiados" era como nossos defensores nos tratavam. Para as autoridades governamentais e o grosso da opinião pública não passávamos de "mestiços", "cruzas", "anomalias". Já para os cientistas e primatólogos, assim como para os pequenos jornais insuspeitos, éramos simplesmente os "híbridos".

Me lembro do dia em que tudo começou para mim, por volta dos meus 11 anos. Fazia dias que eu padecia de uma febre anormal. Com uma colherzinha, minha avó – assim eu chamava Uranaí, a senhora que tinha me adotado quando eu tinha 3 ou 4 anos – me dava soro caseiro e raspas de maçã. Uma manhã, bem cedo, bateram à porta e deixaram um pacote. Da escada vi Uranaí atendendo, corri para o quarto e escutei o ruído do papel sendo amassado. Quando ela subiu, uma faca comprida na mão direita, compreendi, e fiz a pergunta mais natural que poderia ter feito desde que comecei a aprender as palavras:

Por que a senhora não tem um rabinho como o meu?

Semanas depois, mal a ferida na base das minhas costas tinha cicatrizado, meu rabo voltou a crescer, ainda mais grosso e peludo. No entanto, não tive febre e, ao contrário, me senti melhor do que nunca. Não tardou para que Uranaí ouvisse falar, nas ruas e nos programas de televisão, do surto de "híbridos" em países da América do Sul. O termo se referia – e ainda se refere – aos indivíduos do sexo masculino que, entre os 9 e os 14 anos, desenvolvem um rabo anatomicamente idêntico ao do *Cebus capucinus*, popularmente conhecido como macaco-prego-da-cara-branca.

Minha avó não viveu para sofrer vendo os primeiros decretos anti-híbridos, bem como as prisões sob a justificativa de exames obrigatórios, além da proliferação de delatores. Ou para ter alguma esperança e ver surgirem as Casas de Refúgio, os Protetores e as Linhas de Defesa. Sem falar nas cuecas e calças-disfarce, itens essenciais para os híbridos circularem sem provocar alerta.

Na manhã seguinte da morte de Uranaí, fui morar com seu irmão em Desterro, cidade natal dos dois. Abdias era um metalúrgico aposentado e cego a quem visitávamos duas ou três vezes por ano. Era um momento crítico. Eu contava 14 anos, já podendo ser averiguado e preso para exames, quando, em março de 2027, foi aprovada a Lei de Regulação de Híbridos, o primeiro diploma legal sobre o tema no país.

Para minha sorte, a cidade não só era uma das poucas da região que não tinha nenhum caso registrado como também, dizia-se, hospedava secretamente uma Casa de Refúgio, ainda que eu desconhecesse a sua localização. Por outro lado, as condições representavam um risco. Se a cidade se popularizasse entre os grupos de auxílio das Linhas de Defesa, como parecia ser o caso, movimentações incomuns chamariam a atenção dos habitantes e, por consequência, da polícia.

Dentro dos limites, o cenário era positivo. Naquela época, enquanto nas grandes cidades e nos municípios vizinhos só se falava na pandemia de híbridos, em Desterro a população só tinha olhos e ouvidos para um caso local: a descoberta de três covas clandestinas no antigo cemitério municipal. Em meio a tantos folclores e histórias de terror particulares, um surto genérico de meninos com rabo de macaco nas cidades grandes não significava tanto.

Os dois primeiros anos foram protocolares. O convívio com Abdias era sossegado e silencioso. Eu nunca tinha conhecido um cego, fora ele, talvez por isso tenha me espantado com sua autonomia para realizar todos os afazeres cotidianos. Ainda que não me visse, eu mantinha meu rabo dentro da roupa, suspeitoso de que sua audição aguçada pudesse pressentir oscilações anormais.

Uranaí com certeza desejaria que eu tivesse continuado os estudos, mas Abdias se prontificou a me fazer aprender a cuidar da horta e das galinhas. "É preciso viver o desconforto da enxada pra virar homem". Aos poucos, experiente com os ovos e as hortaliças, comecei a trabalhar numa quitanda, deixando as atividades da casa para o final de semana.

Então surgiram os primeiros casos em Desterro.

Num sobrado antigo no bairro do Atolado, prontamente descartado pela polícia como Casa de Refúgio, foram descobertos dois híbridos de 13 e 15 anos de idade. "Um dos indivíduos, por se tratar de menor, apenas foi registrado, e o outro, maior de idade, foi conduzido para a realização dos exames obrigatórios, tudo conforme a lei", afirmou à TV local um capitão da polícia. Na mesma tarde, um padre disse ter visto um rabo de macaco escapar da bermuda de um menino de rua no beco atrás da paróquia.

Quando fiz 18 anos, além da quitanda, comecei a trabalhar de garçom no único restaurante refinado da cidade. Gozava de alguma confiança, pois era o responsável por passar o cadeado no portão dos fundos todas as noites. Não demorei a me convencer de que Alexandre, o dono, era um híbrido. Com igualdade, eu sentia que ele pensava o mesmo de mim. Era um daqueles reconhecimentos mútuos, como quando dois torcedores sabem que torcem para o mesmo time sem trocar uma palavra.

Além disso, havia razões mais concretas para a hipótese. No final de alguns meses, Alexandre me pagava um pouco a mais e, não raro, inventava pretextos para me dar "gordurinhas" em finais de semana de maior movimento. "Qualquer problema, garoto, é só falar", dizia piscando e dando tapinhas nas minhas costas que, com certeza ele sabia, me faziam arrepiar.

Com a quitanda e o restaurante, eu já me sustentava com alguma consistência quando Abdias morreu, sem deixar filhos ou parentes. Intocada até então, usei parte da modesta herança da minha avó para pagar o jazigo vertical no Royale – assim se chamava o antigo cemitério municipal – e aproveitei para realizar meu primeiro sonho financeiro: um notebook de penúltima geração. Nunca soube se Abdias chegou a desconfiar de quem eu era. Falava com rodeios e ambiguidades, um pouco me provocando e, acho, um pouco para gastar o tempo.

Você tá doente, moleque?

Como assim, senhor?

Tem dias que não faz um barulho, anda de fininho. Tá aprontando alguma?

Não apronto nada, eu só faço as minhas coisas, igual o senhor faz as suas.

Tá certo, tá certo. Cada macaco no seu galho. Só cuidado pra não cair.

As primeiras semanas sem Abdias tinham de tudo para não ser muito diferentes. Mas eu não contava que o novo prefeito – eleito com a promessa de se manter neutro diante do conflito – em tão pouco tempo adotaria um discurso abertamente anti-híbrido: "Já temos bichos demais na nossa cidade". A cada pronunciamento sobre o tema, defendia a atuação da polícia, elogiando o governador, e encorajava os delatores.

Com o tempo, algumas casas começaram a amanhecer vazias, seus jardins parecendo ter sido regados na véspera. Quando isso acontecia, alguns transeuntes se limitavam a apontar e espiar furtivamente pela janela. Em seguida retomavam seu caminho, sacudindo a cabeça, amedrontados. E eu me perguntava, antes de dormir, onde estariam os Protetores em Desterro.

Numa época em que as casas perto do meu bairro eram diariamente invadidas pela polícia tática diante da mínima suspeita, experimentei uma chispa de fé. Numa segunda-feira à noite de muita ventania, Alexandre ficou até mais tarde e dispensou todos os funcionários, menos eu. Fazendo "vem" com as duas mãos, me chamou para a sua sala. Fui tomado por ansiedade e pude sentir meu rabo oscilando dentro da cueca.

Garoto, presta atenção. Minha esposa tem um primo na polícia e ouvimos dizer que amanhã a batida vai ser pros seus lados. Os homens vão chegar com tudo.

Não estou entendendo, eu não

Calma, não precisa falar nada. Ó, vou deixar nesse pedaço de papel um endereço, de uma casa, que já foi averiguada, você decora e depois queima esse papel, entendeu?

Eu não.

Entendeu, garoto?

Ao acordar com os galos, pulei da cama como numa terça-feira qualquer. Tendo já decorado o endereço e as instruções, antes de dormir, acendi o fogão c queimei o papel, esmagando as cinzas com o polegar. Retardei minha partida até a madrugada começar a se dissipar, já que transitar no escuro não era uma opção. Vesti a cueca e duas calças-disfarce, mais uma camiseta branca, e me abaixei para resgatar o par de sapatos. A mochila, preparada com o básico, me encarava como Abdias costumava fazer.

A Casa de Refúgio – ainda que Alexandre nunca tivesse usado a expressão – ficava num bairro próximo, na divisa com a Vila Inconfidência, a região mais rica da cidade, em que, segundo os noticiários, dificilmente ocorreriam batidas policiais. Alcancei as ruas de lá em menos de meia hora, ansioso e suado, e me remoí por não ter colocado uma terceira calça.

Na esquina da casa amarela com unha-de-gato, dobrei à direita e segui por uma rua de paralelepípedos com calçadas arborizadas. O número 46, pintado em azul, me fez parar para finalmente tomar fôlego. O final da alvorada banhava os galhos das árvores e as casas. A fachada à minha frente pareceu avermelhada, marcada por chuvas e pelo sol. Da janela, entreaberta, não se via nada. Quando toquei a campainha quatro vezes rápidas, conforme as instruções, vi através da janela uma luz se acender. Do lado de dentro, os passos duros e apressados me fizeram perguntar se não era necessário um pouco mais de cuidado. A porta se abriu e, finalmente, desde os meus 14 anos, senti alguma coisa como aceitação. Coloquei as mãos na cabeça e virei de costas.

O duelo mais alto

Foram atirados à vida sem pais, infância ou juventude. Nasceram quase velhos, numa quinta-feira de julho, desacostumados aos dissabores e, talvez por isso, livres de tédio e amargura.

No mesmo dia deram com seus cabelos ligeiramente grisalhos.

No segundo dia, à tardinha, sentados na varanda olhando para a calçada quente à sombra de um jatobá prenhe de abelhas, perceberam os dentes bobos nas gengivas. Rozendo apertou os molares, o rosto todo doeu um pouco, e estalou a língua como quem finalmente recupera um sonho: "Sou dono de uma farmácia!". Antonio Joaquim, extraindo um catarro seco do peito, valeu-se do embalo: "Sou vereador!".

Na manhã do terceiro dia, Rozendo, ao chegar na farmácia, lavou o sangue da boca espaçosa e, confiando na veia do acaso, achou uma dentadura móvel no fundo de uma gaveta cheia de papéis pautados. As bases acrílicas, da cor da mucosa bucal, se apoiaram sobre a gengiva como se tivessem saído de um molde tirado de sua boca. Antonio Joaquim, por sua vez, deixou o gabinete às pressas ao se dar conta de que havia engolido o último dos incisivos inferiores e cuspido os outros quatro ou cinco dentes numa crise de tosse.

No domingo de manhã, a banguelice assumida de um e a prótese imediata do outro, somadas ao embranquecimento total dos cabelos ralos de ambos, fizeram com que os dois não tivessem escolha a não ser caminhar até a Praça da Igreja Matriz de São Bento para jogar dominó.

Quermesse, almoço e shows musicais constavam na programação da Paróquia que, pontualmente às onze horas, começou a viver na praça a que seria considerada a maior partida de dominó duplo-seis do século. Não apenas de Araraquara, rezariam alguns, mas de toda a região – de São Carlos a Bebedouro. Rozendo contra Antonio Joaquim: o duelo mais alto.

Lápis e papéis pautados a postos para contabilizar as pontuações.

Enquanto os velhos separam o dorme e organizam nas mãos as sete peças, analisando suas primeiras possibilidades, inclinados sobre a mesinha de plástico, dois meninos ao fundo se desentendem. Ao lado de alguns caixotes de feira, trocam ofensas e empurrões em meio aos festejos na praça. Rozendo, os dentes falsos um pouco entreabertos, como se ele risse para si mesmo, e Antonio Joaquim, os sons de sua boca saindo maliciosos e incompreensíveis, movem confortáveis os pequenos paralelepípedos de pedra-sabão, que estalam como as biribinhas que papocam no chão quando menos se espera. Ao redor, outros jogadores e transeuntes fincam as canelas para assistir ao prélio cujo resultado, basta considerar os primeiros movimentos, é bastante incerto.

De tempos em tempos, quando os velhos interrompem a partida para observar o conflito infantil que se desenrola em safanões e xingamentos a poucos metros deles, três ou quatro adultos voluntariosos se destacam da turba e separam os garotos com gritos de "Parou, parou!". Miúdos e revoltos, eles têm os pés escuros cascudos e parecem desacompanhados de responsáveis, se bem que, pelos trapos ou falta deles, é mais provável que um se responsabilize pelo outro.

Os esforços são frustrados e, quando a partida é retomada, também a briga recobra força, escalando em sopapos até que frei Paulinho, figura habitual nas feijoadas e festividades da cidade, num de seus lances de brilhantismo de quem se formou em ciências sociais percebe que as vicissitudes da briga seguem as vicissitudes da partida de dominó. De início poucos entendem o comentário. Um jovem calvo e magricela, não reconhecendo o frei, ajeita o Ray-Ban falsificado e replica: "Tá doido, que vitississute, o quê". Aos poucos, contudo, a realidade dá conta da reticência e o enigma do frei fica evidente para todos sem a necessidade de explicação.

À imagem da roda em torno da partida de dominó, em menos de um minuto se forma um cordão humano atento aos meninos. A continuidade secreta entre as disputas é escancarada: mudam os nomes, os dialetos, os rostos, mas não os eternos antagonistas. Apostas são feitas nas duas arenas, valem resultados simples ou casados, e frei Paulinho há seis meses se recusa a colocar dinheiro em qualquer jogo que não seja o do bicho. Igual contrição não se verifica no rapaz ossudo que há pouco se irritara com seu vocabulário, que abre a carteira de couro marrom e puxa notas de dez como quem conta notas de dois.

Dobles deslizavam na mesa amarela e podiam significar, na rinha infantil, tanto um jab-jab-direto, empatado na base espelhada, quanto uma esquiva ligeira. Ou assim queria um dos espectadores, afeito ao boxe e à locução. Um dois-cinco se transmutava numa rasteira dura e, se a leitura das pessoas estava aguçada, um gancho de direita correspondia a um quatro-seis sobre a mesa, ou então isso era apenas aparente, talvez tudo fosse o reflexo do avesso, como sugeriu Carlota, uma diretora de escola tirante a filósofa.

Perto do meio-dia, no desenlace da última partida, os dois praticamente empatados na pontuação geral, Antonio Joaquim se estica para trás e arria o punho na coxa depois de uma jogada não necessariamente estúpida, mas no mínimo acriançada. "Príncipe", deixa escapar a provocação frei Paulinho, antes de girar a pulseira prateada do relógio e fingir que se admira com as horas. Apesar de ser um deslize compreensível na mão de alguém que nasceu há apenas quatro dias, Antonio Joaquim não se desculpa, antes se remói, ciente de que toda negligência é deliberada e de que em poucos movimentos será derrotado. Confere suas últimas três peças e, antes que Rozendo jogue, puxa uma folha de papel da pilha. "Ouça como gritam aqueles garotos", escreve num garrancho infantil, tentando evitar, tarde demais, que o outro se dê conta de seu erro fatal.

Duas rodadas depois, Rozendo revela o doble de quina e bate. Lá e ló. Qualquer destino consta na realidade de um único momento: o momento em que alguém faz uma cagada e tenta disfarçar. A batelada de mãos sob o calor aplaude os competidores, os prêmios das apostas são distribuídos. Alguns assovios, sucessivos e afiados, são testemunho de que o público reconhece o peso histórico do espetáculo.

Antonio Joaquim sente um aperto nas costas e, sendo muito cedo para gases, intui que não passa de vontade de gritar a derrota. Uma coisa se faz na sua cara, o mal-estar dos ossos sobe com esforço até a sua pele e quebra uma crosta de lábio, lacrimejando no queixo um fio de colágeno espesso e repulsando o couro da língua. Oco e molhado, o som se engole para dentro, como se um cavalo doente gaguejasse vendo um cadáver de criança ser atirado numa fossa de pedra. Boquiaberto com as caretas do outro, Rozendo fisga uma coceira no céu da boca e sente a dentadura bambear na gengiva pastosa. Como a um caroço malquisto, expulsa a prótese com um escarro, extraindo da mesa de plástico um som tosco.

O entusiasmo dos espectadores se volta para a roda dos garotos, todos sonsos e ansiosos pelo significado daquela cena na luta correlata. Os pequenos se firmam nos queixos e bocas lambidos de sangue e, por um instante, é como se estivessem conscientes das proporções metafísicas do gládio. Um deles se contrai, esgrouviado, pregando as mãos nas coxas esguias, e sua expressão passa da agressividade ao espanto, depois à resignação, que alguém desatento confundiria com apatia. A gradação de trejeitos serve de aceno para o outro, iminente vitorioso, e para os espectadores. Ele avança. A boca pequena tem o lábio superior curto, deixando aparecer os dois dentes da frente mais salientes do que os outros, e sua expressão adquire uma graça meio zombeteira. Seguro, agarra um pedaço de pau entre dois caixotes sobre a grama e vence o caminho em direção ao rival que, balançando nos próprios joelhos, aperta os olhos cheios de vergonha e inclina o rosto para o lado. Levanta o queixo imberbe. Entrega a mandíbula ao seu destino.

Um dragão na praça

Os últimos dragões morreram de gripe e já não se falava mais do assunto na cidade.

Até que um dia, durante uma festividade religiosa na praça, o vigário apareceu acompanhado de um sobrevivente. Como os demais de sua espécie, era dócil, meigo e tinha as unhas compridas. E amado pelos idosos sem família que ansiavam por companhia em suas caminhadas diárias, já que, como se sabe, os dragões são muito solícitos e excelentes ouvintes.

Raras eram as vezes em que, nas conversas de amigos, ou de desconhecidos na praça, não surgisse a pergunta: como o último dragão teria sobrevivido? Uns achavam que tinha desenvolvido algum tipo de imunidade ao vírus. Outros, mais supersticiosos, acreditavam que na verdade o espécime era uma alma penada, envolvida por um pobre invólucro de lagarto. Ainda havia os que afirmavam de forma categórica que, morto ou vivo, o indivíduo era uma oportunidade.

Dentro em breve, o dragão foi contratado pela prefeitura para trabalhar na praça, rondando e conversando com os idosos, prestando-lhes auxílio quando necessário. Emprestava o braço, contava moedas, limpava farelos das bocas moles, abria garrafinhas de água com gás, jogava dominó, comprava o jornal e dava dicas nas palavras cruzadas. Era proficiente nas verticais.

Contrariando as previsões mais otimistas, as discussões em torno de sua sobrevivência permaneceram. Certa vez, flagrado andando sobre o telhado de uma casa, foi acusado pelo dono da banca de ser o próprio bicho-papão, monstro que jurava viver escondido entre eles. Em outra ocasião, visto na feira comendo pastéis de vento, uma mulher denunciou que dragões de verdade não ingeriam fritura. Uma coisa ninguém discutia: o dragão fez bem para a cidade.

Antes de sua chegada, um silêncio pesado separava as pessoas na praça. Depois, sua presença não só empolgou os cidadãos como deu bons lucros aos pipoqueiros, sorveteiros e artesãos. A princípio era visto com frieza, talvez por não seguir o antigo costume dos dragões e dispensar o uso de chapéu. Mas quando, agindo naturalmente, caminhava e fazia os velhos sorrirem, os transeuntes se encantavam. Era desastradamente simpático e, mesmo diante de resquícios de descrença, sabia cativar as pessoas.

Depois de dois ou três meses, Renato – assim foi batizado – estava totalmente integrado aos costumes e ao cotidiano da praça. Todos o conheciam e o tratavam pelo nome, e rapidamente adultos e jovens também começaram a requerer sua companhia. Ajudava a montar as barracas da feira, desmontava o coreto – onde o deixavam passar as noites –, passeava com os cachorros, jogava futebol descalço e arriscava manobras de skate. Durante o tempo que se sentiu útil, experimentou alguma coisa como bem-estar.

Até que Apolo chegou à cidade.

Um dia o artista de rua circulou a praça maquiado de vermelho e amarelo, os lábios ligeiramente pintados de preto, as sobrancelhas espigadas e uma garganta humana de fogo que deixou o dragão enamorado. Soprando vapores ardentes e esguichando chamas altas nos finais de tarde, Apolo rapidamente despertou o interesse de todas as idades. O fogo, todos sabem, é perigoso para aqueles que com ele brincam, mas um regalo para os que o testemunham.

Rendido ao encanto do pirotécnico forasteiro, o dragão aos poucos reencontrou-se com seus impulsos, há tempos reprimidos, e começou a prestar atenção nas próprias tristezas. Muito antes da gripe, quando na cidade havia pelo menos cem dragões, um decreto proibiu que os indivíduos da espécie manifestassem em público toda e qualquer aptidão abrasadora, por qualquer motivo que fosse. Afinal, não raro eram responsabilizados pelas queimadas de verão.

Certo dia, ao terminar o serviço, Renato deixou-se ficar no banco da praça, a remoer ideias infelizes, um desejo de diluir-se nas nuvens claras que se mesclavam com o céu afogueado. Ao seu lado, um garoto com um bigode precoce parecia ignorar o desamparo que o afligia.

— Todo mundo ama o Apolo. Daqui a pouco não vão sobrar nem os velhos pra você.

Em resposta recebeu um soco na testa com uma violência dificilmente esperada dos punhos de um dragão. Engolindo o choro, o menino pôs sebo nas canelas. A agressão não passou despercebida pelo próprio Apolo, que descansava numa mureta ao lado. O fato, longe de tornar o dragão temido, fez crescer no artista a simpatia de que Renato gozava entre os idosos no começo. Sorrindo, Apolo levantou-se de um salto e, jeitoso, acomodou-se no banco ao seu lado.

Renato não fez nenhum gesto de consentimento, mas já então conversavam como velhos amigos. Ou, para ser mais exato, somente Apolo falava. Revelava suas técnicas com o fogo, enumerava combustíveis, contava acontecimentos extraordinários, aventuras tamanhas que Renato o supôs com mais idade do que aparentava.

Ao escurecer, o dragão indagou onde ele morava. Disse não ter morada certa. No passado, Portugal, Galiza, Catalunha e Astúrias. Hoje a rua era o seu pouso habitual. Foi nesse momento que reparou nos seus olhos. Olhos nervosos e que pareciam mudar de cor. Azul, castanho, verde, caramelo. Deles Renato desconfiou, pois na cidade as metamorfoses eram vistas com temor, e perguntou se ele era gente humana como os outros.

A resposta recorreu a metáforas e subterfúgios. Quando menos esperava, Apolo estava discorrendo sobre suas visões políticas. Desejando encerrar a discussão, que se avolumava sem alcançar objetivos práticos, Renato pensou em exigir que o outro revelasse suas reais intenções. Afinal, era o que já tinha visto tantos dragões serem obrigados a fazer quando chegaram na cidade. Mas, ao cabo de alguns minutos de conversa, respirou suavizado. Apolo era um artista e artistas não sabiam mesmo ser contundentes.

A última frase de Apolo, indecifrada, se perdeu na modorra de ambos. Bocejando, Renato despediu-se e foi dormir no coreto. Sono agitado, com pesadelos e uma dor dilacerante, que não sabia se real ou apenas sonho. Uma faca penetrava-lhe a carne do pescoço, escarafunchava os tecidos, à procura de um segredo. Na ânsia de acordar, rolava no piso de tijolinhos marrons, empapando-os de suor.

A duro esforço conseguiu despertar. Sentiu um cheiro seco e começou a tossir. Apalpou o pescoço e as mãos encontraram calor. Meio entorpecido, demorou a perceber a quantidade de pessoas ao redor do coreto em cinzas, além do caminhão de bombeiros. Estavam todos ali: o dono da banca, a mulher da feira, o garoto debochado, o prefeito, os idosos, a polícia. Menos Apolo. O teto do coreto, preto e arruinado, deixava ver um céu esfumaçado.

Sobre os próprios braços, o dragão chorava. Aos poucos acalmou-se, aceitando um lenço de um senhor a quem ajudava com palavras cruzadas e que tinha escapulido da faixa de isolamento. Receosos, cinco policiais experientes aproximaram-se com correntes enormes e fortificadas. Renato não resistiu.

Na caçamba da caminhonete, resignado rumo à delegacia, o dragão entreviu o espelho retrovisor. Pôde jurar que os olhos do motorista mudaram de cor.

Búfalos em náusea

Bárbara desviou os olhos da jaula, onde só o cheiro quente lembrava o estado de suspensão que ela tinha vindo buscar no Jardim Zoológico. Apertando o punho direito no bolso do casaco, olhou em torno de si, procurando nas outras pessoas da fila a mesma excitação que ela prendia no peito. O sol baixo tinha desaparecido entre auréolas de nuvens que formavam o desenho de um morcego gigantesco. A poucos metros, o guia chamava de cinco em cinco. Continuou a andar, os olhos tão concentrados na procura, que sua vista às vezes se escurecia num sono, e então chegou a sua vez de ver o casal de búfalos vomitando.

Dois búfalos pretos. Tão pretos que as caras pareciam não ter traços. Vistos de frente, as grandes cabeças, chifrudas e ultraconvexas, impediam a visão do resto, como se fossem cabeças decepadas flutuando. Os chifres, longos e grossos, de seção ovalada, voltavam-se para trás e para baixo, com curvatura final para cima e para dentro; as orelhas, dispostas acima dos chifres, eram medianas e horizontais; os olhos, profundos e elípticos, eram pretos como a pele e os cascos. Eram duas coisas maciças, dois músculos duros num terreno pantanoso rodeado de grades altas. Não tão duros porque se contorciam, espasmavam, inclinavam-se e, num arrebatamento quase galináceo, como se quisessem alçar um voo dócil, derramavam um líquido pestilento marrom-escuro.

Segundo a direção do zoológico, o fenômeno havia começado alguns meses antes e se dava exclusivamente aos sábados de manhã. No entanto, depois de semanas de investigações, nenhum dos zootécnicos e veterinários encontrou explicação satisfatória. Exames foram conduzidos e repetidos, novas vacinas foram aplicadas, até a ração foi substituída, mas tudo inconclusivo. Ou melhor, quase tudo. Se a causa da moléstia não era sabida, os profissionais concluíram que, apesar do sofrimento pontual, as crises de vômito não alteravam o estado de saúde prolongado dos búfalos, que ao final do dia se recuperavam. Novinhos em folha, garantia o diretor, com o aval de um biólogo especialista em bubalinos.

Mas disso Bárbara não sabia. E de outras coisas, pois a cada semana que visitava a jaula dos búfalos sentia que sabia menos do mundo. Devotamente aos sábados de manhã perambulava pelas alamedas do Jardim Zoológico para assistir aos búfalos em náusea. Chegava às nove em ponto, ao som do ferrolho dos portões. Percorria a alameda central, regulando a respiração. Era a primeira a comprar sorvete na barraca do Zacarias, afastando abelhas à sombra de um jacarandá-amarelo, os galhos vacilando no chão. Sentada num banco de ferro do pátio principal, em frente ao fontanário cheio de bem-te-vis, lambia o picolé e via o movimento das pessoas que chegavam – às vezes os visitantes a olhavam como se vissem algo esquisito nela. Quando queria esticar o tempo antes de fazer a fila para os búfalos, escolhia alguma pedra graúda do canteiro de jacintos e brincava com ela nas mãos, fantasiando atirá-la na água para assustar os passarinhos. Depois, inquieta, rodeava o gazebo hexagonal, parando para ouvir a musiquinha do carrossel dos fundos, e seguia pelo caminho das árvores para ver os macacos. Seus preferidos, os saguis, eram um grupo de dez ou quinze pequenos primatas com tufos nas orelhas, diabinhos barulhentos trepados num pau-de-tucano chupando goma das cascas – um aquecimento para a verdadeira atração.

Às nove e trinta começava a se formar a fila para os búfalos. Bárbara podia, mas não gostava de ser a primeira, pelo mesmo motivo que um alcoólatra novato dorme melhor sabendo que há outros ainda mais bêbados. O hábito era recente; vinha desde a morte da filha, Ligia, vítima de um mal súbito enquanto brincava com colegas da escola naquele mesmo zoológico e na frente da mesma jaula de búfalos. Miocardia hipertrófica assimétrica, relevou a autópsia, doença rara, silenciosa e de baixa incidência em crianças. Certeira, porém, em Ligia, obedecendo à necessidade da natureza de assegurar suas exceções.

E ali mais um sábado, um mês depois da morte da filha. Bárbara e os búfalos. Os bichos não tinham culpa, segundo os médicos, muito seguros quando disseram que não devia haver relação entre o mal súbito de Ligia e a cena grotesca de dois búfalos vomitando. O nojo, por si só, não vitimava ninguém. Uma ova. Malditos búfalos filhos da puta, pensou Bárbara com a mão tensa no bolso do casaco, a brisa mexendo nos cabelos da testa como se alguém a soprasse em provocação. Ela fez esforço para manter o corpo imóvel, ressabiada com o guia de colete cinza-escuro – ele era um dos que sempre a olhavam com suspeição. Queria passar despercebida pelas pessoas e ser vista apenas pelos búfalos, ser percebida e temida pela massa escura num dos intervalos entre as golfadas espessas. De frente para ela naquela manhã, os bichos pareceram apáticos, impassíveis em sua sujidade. Os búfalos agora menores, patéticos, saguis com chifre e sem capacidade de escalar árvores. Do fundo do bolso do casaco, Bárbara agarrava um ódio.

Que incômodo lhe causaria umas trinta pessoas a xingando?

Um círculo de luz se fez na cara dos búfalos, os olhos pretos cintilaram, e um homem do grupo comemorou o que parecia ser a abertura do tempo – ideal para ver os jacarés. O barulho dos bichos nauseados abafou as vozes da família em concordância. Bárbara aproveitou uma brecha do guia, ocupado em organizar para que o grupo dela saísse para dar vez às próximas cinco pessoas. Avançou dois passos em direção à jaula. Mirando entre duas barras de ferro bem espaçadas, atirou uma pedra do tamanho de um coração miocárdico. Na boca, em cheio. O gemido do búfalo atingido soou tão nojento quanto o vômito posterior.

Enquanto era estapeada e ofendida por homens e mulheres, arrastada pelo braço pelo guia que tentava a escoltar até a administração, Bárbara olhou para o céu. Os raios de sol furavam as nuvens, que agora já não pareciam mais um morcego nem coisa nenhuma.

Com a ponta do cigarro acesa

Um bêbado de bar é a pororoca e um jacaré-açu numa só pessoa. Enquanto um nos afoga, o outro arranca pedaços. Caso sobrevivamos aos dentes, arrebentamos às ondas. Um homem capaz de destruir um fim de tarde com seu bafo e resmungos é tanto um animal selvagem quanto uma inundação.

Zé Anísio era essa mistura impiedosa e não foram poucas as vezes em que Vita mordeu os anéis do punho para não pular da cadeira e encher sua cara vermelha amassada de porrada. Tudo nele a irritava, a começar pelos dentes tortos, os dois da frente virados para dentro, o que, tinha lido em algum lugar, era sinal de um caráter perverso e cruel num homem de mais de sessenta anos. Os demais eram ocos como cascas de amêndoas velhas sob o esmalte com manchas amareladas. Antes fosse um daqueles bêbados de barriga vazia, os intestinos amargos chumbados, mas não: entre a terceira e a quarta dose de cachaça, os botões da camisa branca de manga curta já abertos até o umbigo, pedia um guaraná e um misto quente prensado; mastigava e engolia a golpes gelados como quem tenta afogar um câncer, enfiava um palitão entre os dentes e de boca arreganhada ia cavoucando amarelos devassos que assoprava no chão fazendo ffffp. Era um homem perverso, Vita sabia.

Ela precisava sempre exercer autocontrole diante da mera presença do bêbado: era preciso conter o apetite de quebrar uma garrafa na sua cara e, ao mesmo tempo, agir de modo a convencer os presentes de que estava mesmo prestes a responder com violência. Era necessário mostrar aos outros que, apesar das mudanças visíveis em seu corpo, em todos os demais aspectos continuava a ser como era antes. Sua memória percorria todos os eventos ocorridos naquele bar nos últimos anos sem encontrar o menor obstáculo. Ou mantinha o respeito, ou seria ultrapassada até por Zé Anísio.

Não mais, agora morto.

Vita serviu o copo com a mão bamba, derrubando cerveja no balcão metálico. Sentiu uma aflição no fundo dos olhos quando o dono do bar disse que fazia alguns dias que Zé Anísio tinha sido encontrado morto na estrada entre Dois Córregos e Torrinha.

Tá de brincadeira, Suriano, pasmou enquanto passava no balcão meia dúzia de guardanapos quase transparentes que se esfarelavam ao menor atrito. Foi dívida, briga?

Foi bebida. O condenado ia andando pelo acostamento, no sentido contrário, veio uma bicicleta esportiva e pegou com tudo. Deu com a cabeça no asfalto. A notícia demorou pra chegar porque o moço da bicicleta era alguma coisa do delegado e o Zé Anísio, você conhece, esse não era coisa alguma de ninguém. Era sem família. Teve uma mulher que já buscou ele aqui, uma grandona, carregou ele pra fora desacordado, botou no carro e tudo. Ó, o Júnior tá dizendo que era a patroa dele. Não, patroa de chefia, de patrão. Zé Anísio só comia puta, não tinha mulher, não. Capaz que tenha deixado uns rebentos por aí.

Ele é caseiro, era caseiro, não?

Dizia ele que era. Que cuidava de horta e de sítio. Mas sítio só na cabeça dele. Ele trabalhava era numa chácara, a das macadâmias, sabe, depois das verduras do tiozinho.

Filho da puta, Zé Anísio. Quando queria agradar por causa dos estragos da noite, aparecia aqui na hora do almoço com um monte de alface, couve, rúcula, agrião. Que é que ele esperava que eu fosse fazer com tanta verdura? Pagar o fiado, os cascos quebrados, a maçaneta, limpar o vômito, o sangue, isso ele nunca quis, o filho da puta.

Coitado... Não, eu também acho que ele era um filho da puta, Suriano. Eu dava um desconto porque ele era velho, que só dá pra gente bater em velho se for ladrão.

Na hora da morte era preciso ter piedade, Vita queria acreditar. Ainda mais naquele caso: ela tentou imaginar ficar horas estirada no asfalto pelando, a cabeça arrebentada, agonizando toda mijada até chegar uma ambulância. Deus me livre. Por isso queria saber se Zé Anísio tinha família, não era digno morrer daquele jeito.

Digo mais. Se eu descubro uma viúva ou um filho perdido eu vou cobrar o pendurado. Tem que ser assim, senão vocês todos bebem de graça e se matam por aí antes de me pagar. E aí, como é que fica o meu lado? Da minha família cuida quem?

Vita terminou a Antártica e pendurou a conta junto com uma promessa rotineira: acerto na próxima, Suriano, juro por Deus. Vou ter só que te pedir um Derby, o meu acabou.

Desde que parou de fumar a maconha que comprava do filho do próprio Suriano, um prensado venenoso trazido do Paraguai que quando estava seco fedia a urina e pesticida, Vita tinha voltado a fumar cigarro. Apegada ao estilo de pitar típico dos baseados, não deixando sobrar um farelo de erva viva na ponta, assim também passou a tragar os cigarros comuns, puxando o fumo até amarelar o filtro e queimar o canto dos dedos.

Apoiada no banquinho frouxo, Vita agradeceu e ajeitou as sandálias, envergonhada do esmalte vermelho pobre e das unhas roídas do pé, algo que tinha começado ainda na casa dos pais em Jaú, brincando de se alongar e pôr à prova a elasticidade dos próprios membros, e evoluíra para um vício estranho. Para com essa porra de morder o pé, Vitor, senta que nem homem, se irritava o sujeito que a havia criado, como se fosse capaz de adivinhar onde aquilo iria parar. Dizem que os pais sempre sabem, o que para os filhos significará sempre uma indiferença ou uma maldição, nunca uma dádiva.

Tomada por ridícula sensibilidade, culpa das quatro cervejas no sangue, Vita deixou a bicicleta encostada na fachada do bar e ganhou a estrada de terra a pé em sentido contrário ao da casa da tia com quem morava. A chácara em que Zé Anísio dizia trabalhar ficava a menos de um quilômetro em linha quase reta. Que merda ele teria ido fazer fora de Dois Córregos durante a semana? Teria família fora da cidade, quer dizer, teria família? Talvez fosse como ela: ter uma família e pertencer a ela tanto quanto as garrafas de cerveja artesanal pertenciam à geladeira do Bar do Suriano.

Melhor mesmo é que tivesse morrido atropelado, uma bênção na vida de um homem cheio de vícios que, mais cedo ou mais tarde, o levariam a morrer de câncer, cirrose ou hepatite, o corpo desnutrido e a cabeça demente. Isso se não morresse antes pisoteado nas costelas, o bucho esfaqueado catorze vezes numa briga de bar, o crânio amassado por um taco de sinuca.

Vita avistou o tiozinho das verduras num cotovelo da estrada, a lavoura de milho atrás dele como um colchão verde dançante. Parou para descansar as panturrilhas e acender um cigarro. Nenhum carro passava e só se ouvia o farfalhar da copa de uma mirindiba rosa. Do tronco de casca sulcada, borboletas se espreguiçavam e alçavam voo, dançando entre os ramos e as flores de pétalas branco-amareladas.

Era uma visão tranquila.

O tiozinho era um homem velho de pernas curtas e barba bem-feita, estava cercado de caixotes cheios de alface e couve, sentado numa cadeira de plástico amarela, a ponta das botinas cutucando o solo, as mãos cruzadas sobre a barriga segurando um jornal dobrado. Mastigava uma corda, os olhos fechados, e não ouviu o "tarde" de Vita; o movimento da mastigação, entre infantil e indecente, o fazia parecer levar um susto e de repente aquietar, assustar e aquietar. Como se ele a tivesse insultado, Vita o olhava. E quem a visse teria a impressão de uma bandoleira com ódio.

Vita achou melhor não despertar o tiozinho; fumou com pressa indolente e acendeu mais um cigarro para continuar a pernada. Quando um ronco no estômago a fez pensar em desistir, voltar para o bar e pedir um comercial de bife, se lembrou das palavras do pastor Tonhão sobre o dever de olhar pela família dos bêbados. A valer, não se lembrou de palavra alguma, senão apenas de que o pastor havia falado alguma coisa sobre o tema. Fazia meses que não pisava no templo da rua Paraná, preocupada com a aceitação dos irmãos mais próximos.

Se ela pudesse ser como a tia, pensou trôpega parando num cruzamento, seria mais feliz. E mais bonita. Seria morena, o que já era, valendo dizer que pararia de tingir de loiro quase branco as raízes; teria olhos menos tristes; seria interessada em política e eleições; trabalharia no mesmo lugar por mais de um ano e teria casa própria; muito sincera e respeitada fora dos bares. Mas o corpo que ela portava – parou para olhar dois pratos de barro, uma vela branca, um jarro com água e uma garrafa de 51 –, com todas as suas feiuras, podia ser invisível; era ignorada; sem casa, sem carteira assinada, sem casamento, sem filhos, apenas o avanço corriqueiro pelas ruas quentes e alagadas com os outros enjeitados de Dois Córregos, sendo aos poucos nem mais Vitor ou Vita; sendo ela apenas a travesti bêbada do Bar do Suriano.

A porteira artificialmente rústica da Chácara Divina Macadâmia estava aberta e Vita até bateu palmas depois de ler o aviso INTERFONE QUEBRADO, mas enquanto acendia o terceiro ou quarto cigarro se percebeu com o corpo todo já dentro da propriedade. Ao contrário da sua chácara, quer dizer, a chácara da tia com quem morava em Guarapuã, onde a casa e as hortas ficavam num ponto elevado do lote, o terreno se declivava abruptamente por um caminho de pedra até um jardim extenso que cobria boa parte da fachada da casa.

Por mais bonito que devesse ser em seu projeto original, repleto de canteiros simétricos e caminhos de pedra sinuosos no meio do gramado, o jardim não ficou livre de se transformar num matagal denso, com mais arbustos e daninhas do que flores. Vita cambaleou para trás, levada pela impressão de que as ramagens em decomposição tentavam enroscar seus pés. Algumas folhas, tão altas, estalavam acima da sua cabeça, mas se olhava com calma, apesar do frescor nada ali se mexia de verdade, nem mesmo uma palpitação no mato, como se o vento estivesse parado. Andando na ponta das sandálias, Vita contornou uma fileira de jacintos perfumados e chamou por "dona" e "senhora", uma, duas, três vezes, antes de olhar para baixo e se assustar com o cachorro morto entre as flores, cutucado por ratos gordos, que se dispersaram aos seus gritos de "xô, desgraça" e pisadas em avanço nas pedras tra tra tra.

Era um golden, creme felpudo como os de propaganda de família em cidade grande com piscina e árvore no quintal da casa. A claridade laranja ofuscava o ventre dilacerado pelos dentes dos ratos e o verde abraçava o corpo do bicho como um berço ancestral. E agora como se o cachorro e as plantas falassem o mesmo dialeto. Até que a luz deixou de brilhar e as tripas vermelhas malcheirosas do cachorro vieram à flor. O fermento na barriga de Vita subiu como uma cerveja choca num copo quente e ela não fez o mínimo esforço para evitar o jato líquido e gelado direto nas pedras.

Livre do excesso, Vita voltou a chamar já não sabia por quem. E então se lembrou de ter lido em algum lugar sobre como os ladrões envenenavam cães para invadir casas; a mão no bolso da calça jeans não deu pelo celular e ela achou que vomitaria outra vez, gastara quase dois mil reais no aparelho novo. Foi quando um rato excitado, retardatário da cambada, partiu em disparada e cruzou o caminho de pedras. Vita chispou atrás da peste, mas logo perdeu a concentração, a ponto de deixar escapar um grito grave, quando alcançou um gramado baixo onde havia um anão de jardim a encarando.

Enorme. Pelo menos o dobro do tamanho dela. De pedra, a roupa como no filme da Branca de Neve, as cores desbotadas. O gorro bege estava partido no vértice, a larga jaqueta vermelha fechada por um cinto preto com fivela dourada e as calças colantes marrons com as botas pontudas de mesma cor, de cano curto. A diferença é que no filme os anões tinham emoções muito bem definidas e aquele ali era insosso, pálido, ao menos até abrir a boca:

A senhorita quer alguma coisa comigo?

Vita se esqueceu de que no meio daquele entulho vegetal havia um cachorro morto. No anão nada se mexia, da boca pintada com dentes quadrados até as botas. Era como se Vita pudesse ouvir a voz repercutindo no próprio crânio, algum tipo de transmissão sinistra, mais assustadora do que um cego lendo em braile a frase "não toque"; nem sete doses de cachaça seriam capazes de tamanho efeito, que se diria das poucas cervejas que tinha bebido. Sua primeira reação foi puxar o maço do bolso, em que na imagem do verso se lia VOCÊ SOFRE. Nada que já não soubesse.

Tem graça nenhuma essa bosta de brincadeira, respondeu ela subindo de tom e alterando o timbre de voz ao chegar em *bosta*, pode matar alguém de susto.

Não quis assustar.

Vai, filha da puta, diz quem tá aí.

Eu não tenho nome, respondeu o anão, se é isso que você quer saber.

Você acha que eu sou otária de cair nessa? Hoje todo mundo sabe que tem tecnologia, microfone, câmera escondida, essas coisas. Eu sei que tem alguém aí, aposto que os olhos tão me filmando.

Eu estou aqui, isso é um fato. E você também está aqui, isso é outro fato. A questão é por que cada um de nós está aqui.

Então me diz, por quê?

Bem, eu estou aqui porque fui construído e transportado para ficar aqui, adornando o jardim dessa chácara. Como minhas pernas são de pedra e sem articulação, não posso me movimentar. Assim sendo, eu *existo* aqui.

E eu, por que tô aqui?

A lógica é a mesma. Você também foi construída, de certa forma. Não industrialmente, como eu. Pelos seus pais biológicos. E logo depois, e por muito mais tempo, pelos seus pais adotivos, sem dúvida. A diferença é que você se transportou até aqui porque quis, porque é livre e, como suas pernas não são de pedra, mas de pele, ossos, músculos e articulações, você pode se movimentar o quanto quiser. Assim sendo, você apenas *está* aqui.

Você fica aí falando difícil, metido a professor, mas não disse o que é que eu vim fazer aqui.

Pois bem, você veio aqui para procurar respostas sobre Zé Anísio. Segundo consta, ele era caseiro desta propriedade.

Convencida de que o anão não passava de uma pegadinha, mas temerosa de que fosse uma pegadinha feita pelo próprio demônio, Vita pensou em mulas-sem-cabeça, lobisomens, dragões, curupiras, sacis, todos vestindo camisas brancas de manga curta e bebendo cerveja morna. Ela não soube decifrar essas imagens e tampouco a relação delas com o anão, que parecia saber quem ela era, então simplesmente inferiu: estou bêbada.

É pra isso mesmo que vim aqui, tem problema com isso? Quero saber se a patroa dele tá em casa.

É como eu disse: tenho pernas de pedra e não posso me movimentar. Só sei o que se passa nesse jardim, quer dizer, tudo o que está ao alcance dos meus olhos e ouvidos nesse jardim. Se quiser tentar a sorte, já ouvi a patroa mencionar um quarto dos fundos, no segundo andar.

Abandonando o anão e voltando pelo caminho de pedra, Vita olhou para trás. Pôde jurar que ele foi ficando cada vez maior, e cada vez mais humano. Bebe, desgraça.

Vita não deu tino do primeiro andar e deslizou até a escada em L no hall de entrada. De cotovelos alertas, não demonstrava pressa ao subir os degraus, mas seu rosto expunha a suspeita de uma resolução falha, os lábios grossos se franzindo para trás dos dentes. Meteu-se por um longo corredor, onde a poeira e detritos de reforma emprestavam aos ladrilhos esmaltados o mesmo aspecto de uma estrada vicinal no final de julho. O longo tapete marrom com listras claras, as paredes bege e os rodapés eram um ódio seco e Vita sentiu a contração de uma cólica estomacal; não soube se era outro aviso de fome ou o preparo de mais um vômito. Reteve no peito sua violência interna e prosseguiu.

Todos os cômodos estavam fechados e deles não escapava qualquer ruído. Parou diante de uma última porta. Experimentou a maçaneta, que custou a girar, como se fosse uma peça falsa, chumbada, e não conseguiu franquear a porta. Só então se deu conta do sistema eletrônico instalado na parede, que pedia uma senha.

Imobilizada, apertou as pálpebras pensando na própria data de aniversário, e, como se mordesse algarismos que esvoaçavam ao redor do seu rosto, digitou seis números no aparelho eletrônico embutido. Deixou escapar um sorriso ao ouvir o apito grave e ler o aviso de senha incorreta. Engoliu a última saliva de diversão quando, sem que tivesse arriscado uma senha nova, a porta fez clic-clic, correndo para o lado, e ela viu o homem. Sentado a uma mesa retangular empoeirada, ossudo e corpulento, olheiras dementes, rigorosamente sujo, Zé Anísio apontava-lhe um revólver.

Na mão esquerda, um controle remoto emitia uma luz vermelha. Ele ordenou a ela que entrasse e, apertando o botão, fechou a porta.

A Vita não interessava fugir, jamais perderia a oportunidade daquele encontro. A sensação de medo fora passageira e logo substituída por algo mais intenso, ao fitar os olhos de Zé Anísio. Deles emergia uma penosa tonalidade verde parecida com a que ela nunca havia percebido nela mesma, mas que desde criança as pessoas insistiam em dizer que havia em seus olhos. O homem tossiu, balançando o revólver para o lado e piscando os olhos, e ela também, ambos desfazendo o confronto mudo ao som de pigarros. Naquela sala tudo respirava bolor e revelava grande descuido, inclusive as esgarçadas roupas de Zé Anísio, talvez sujas de barro, era o que Vita queria acreditar, evitando a lembrança do sangue do golden no jardim.

Já era hora, disse Zé Anísio, a voz macia como depois de um gole gelado de cerveja no fim de tarde.

Vita fez um esforço para não ceder às recordações e acima de tudo para não demonstrar espanto. Menos por causa da mira do revólver e mais pela necessidade de se manter no controle daquela relação. Ainda mais agora que, ela passava a se dar conta, Zé Anísio parecia diferente. Parecia saber.

Que porra é essa? Primeiro tá morto, arrebentado na estrada, depois tá vivo e com bola de cristal?

Desde quando eu tô morto? Não tá me vendo não, é?

Todo mundo tá falando, ué. Ficaram sabendo lá no Suriano, todo o pessoal. Que você morreu na estrada, atropelado por uma bicicleta. Qual é a sua versão?

Não tem versão, tem os fatos. Aconteceu que *eu* atropelei um cidadão na estrada. Use a cachola.

Quem tem que usar a cachola é você. Olha isso, todo folgado aí no escritório da sua patroa. Tá achando que é quem?

É bom você falar isso pra ver como não é só eu que sou ignorante. O nome disso daqui é quarto do pânico, não tem nada de escritório.

Eu sei o que é quarto do pânico, não sou idiota. Diferente de você, eu tenho TV a cabo, assisto filme.

Ele não tá operando por completo. Dona Antônia pediu pra atrasar a instalação pra quando ela voltar de viagem, quer acompanhar tudo de perto.

Acha que eu não tô entendendo, né? Tá querendo me assustar. E se eu tomar esse controle aí da sua mão, vai atirar em mim?

Não vou atirar coisa nenhuma, tem nem munição essa pistola. Achei na gaveta, é uma peça bonita.

Já deu de papo, abre a porta agora.

Eu quero que você me peça desculpa.

Eu não tenho que pedir desculpa de nada, você é que devia. Abre essa porta.

Eu vou te dar uma última chance pra se desculpar por ter tocado em mim, depois disso... é o que é.

Você acha que eu vou ter dificuldade de ganhar na porrada de um velho bêbado? Me dá o controle, filho da puta.

Vita não teve tempo.

O controle ficou livre sobre a mesa à sua frente por alguns segundos, mesmo intervalo em que Zé Anísio puxou de uma prateleira atrás de si uma marreta. Seus olhos semivivos marejaram, as bolsas escuras sob eles gritando, recolhendo submissas a luz para o próprio olhar, e as veias nos antebraços tentaram extrair tudo do fundo de si mesmo, como um dente grotesco, apodrecido, fétido, a coroa enegrecida, os nervos inflamados, a raiz cheirando mal. Os membros de Vita, imóveis como as plantas do jardim, irradiavam o arrependimento de quem percebia tarde demais que a ameaça do outro não era fingida. A face quadrada da marreta estrondou sobre o controle remoto contra a mesa.

Vita pôde jurar ouvir, no fundo da testa, um último latido do golden no jardim. Ou talvez uma risada do anão. Ou nenhuma das duas coisas: era um som estranho, metálico, corrediço, idêntico ao – e na verdade era o próprio – barulho da porta atrás de si, que se abriu lenta em obediência ao comando fortuito do dispositivo um milésimo de segundo antes de ser estraçalhado. Absorvendo a própria surpresa, Zé Anísio batia os dentes projetando o queixo para a frente, entregando-se um instante à doçura da velhice. Devia ter engolido o controle, pensou; devia ter exigido de Vita que o destripasse para poder sair dali. Mais uma vez era traído pelo azar, ou pela própria ignorância, que ao final são sinônimos na vida dos bêbados.

Vita contornou a mesa e parou diante de Zé Anísio. Ergueu seu queixo com os mesmos dedos que usava para fumar e o encarou nos olhos, no nariz, na boca, nos pelos brancos saindo do peito. Abaixou suas pálpebras com os polegares e beijou-lhe a testa, as bochechas, soprando seu rosto com a nicotina incrustada nas gengivas. Vivo por sorte ou por insistência, Zé Anísio era um velho arruinado prestes a esbarrar com a morte em qualquer esquina, deixando em aberto uma dívida de bar que ela não tinha condição de pagar. E Vita se deixou por alguns segundos amar aquele homem. Afogada, despedaçada; sobrevivente aos dentes, arrebentada às ondas. Inspirou o bafo daquele animal selvagem morto-vivo diante de si e devolveu ao ar todos os cheiros nela armazenados: as flores do jardim bem cuidado, os pelos perfumados do golden saltitante, as tintas vivas do pequeno anão de jardim. Achou a força necessária. Ergueu a marreta.

Recenseamento

Todos teriam ignorado o louco gritando no meio da praça, na frente da fonte sem água onde os passarinhos vinham fazer cocô, mas era Dia de São Francisco e a compaixão geral recaía também sobre os mendigos, velhos, putas e aleijados. Primeiro deixaram que gritasse; depois, se aproximaram para escutá-lo. "É o fim dos tempos! As lavouras serão tomadas por pulgões e morreremos de fome!" À menção da última palavra, fizeram com que se acalmasse e deram-lhe de comer.

Refeito depois de um sanduíche de calabresa e um caldo de cana, o homem aprumou seus trapos e deixou a praça em direção ao córrego. Quando já estava de costas, e com meio caminho andado, alguém o reconheceu: "É Samuel, o professor que perdeu a mulher e as filhas na última enchente".

Entre as pessoas prevaleceu o parecer de que não estava exatamente delirando, mas brincando com a realidade. Entenda-se: depois de uma sucessão de enchentes, a cidade sofria com uma infestação de vespas-gigantes-asiáticas. Conhecidas como vespas assassinas, decapitavam abelhas e destruíam colmeias, prejudicando a polinização de mais de vinte culturas, incluindo em áreas degradadas com baixa diversidade. Depois de um estudo conduzido pelas autoridades ambientais, a cidade decidiu importar predadores naturais das vespas.

Primeiro vieram as libélulas. "Só pode ser isso: o louco está fantasiando com pragas, coitado", ponderou uma beata. E na praça, assim como em toda a cidade, ninguém mais se lembrava dos gritos do homem quando surgiram os primeiros contratempos. O mais importante, afinal, era resolver, e logo, o revés agrícola.

Com as libélulas, o problema foi imediato: primeiro, também predavam as próprias abelhas e, depois, na escassez de água limpa perto dos ninhos de vespas, começaram a migrar para as cercanias do rio, encontrando lá outras presas. Aranhas e centopeias foram cogitadas, mas a importação encontrou empecilhos políticos e não ocorreu. "Esse prefeito é maluco, onde já se viu, encher a cidade de insetos peçonhentos!".

Vieram as lagartixas. Com rapidez, deram conta da infestação de vespas, fazendo aumentar o número de abelhas e encerrando o problema da polinização. No entanto, abriram novo capítulo: a multiplicação das próprias lagartixas. Os pequenos répteis passaram a ser vistos nas paredes das casas, do comércio, das igrejas, só na delegacia não sobreviviam por muito tempo. As autoridades, alarmadas com o risco de mais desequilíbrios, se reuniram emergencialmente para aprovar novas medidas.

Só não contavam que, com o aumento exponencial da população de lagartixas, em tão pouco tempo os gambás passariam a ser vistos na praça, nas ruelas, nos quintais das casas, no cemitério, na estrada. Tampouco imaginavam, por um lado, o subsequente acréscimo na população de gatos-do-mato, predadores naturais dos gambás, e, por outro lado, o aumento de atropelamentos das duas espécies. A prefeitura só decretou estado de calamidade pública quando os bombeiros foram chamados para capturar um casal de jaguatiricas no quintal da filha de um vereador.

E porque o único predador da jaguatirica era o homem, então vieram os caçadores.

Em furgões e caminhonetes, policiais aposentados de municípios vizinhos chegaram à cidade. Organizados em expedições, primeiro capturavam os espécimes em jaulas e os entregavam às autoridades ambientais. Depois, inevitavelmente, surgiu o comércio ilegal de peles. Caçadores mais humanos e visionários se tornaram traficantes e construíram uma rede altamente lucrativa, vendendo as jaguatiricas como animais de estimação.

Então vieram as famílias dos caçadores. Esposas e crianças. Até que na praça os meninos da cidade já não tinham mais espaço para jogar bola, pular amarelinha ou tomar sorvete. Os novos adolescentes, usando os carros dos pais, lotaram os postos de gasolina e beiras de estrada para passar as tardes bebendo e ouvindo música eletrônica. A cidade prosperava e logo vieram outros forasteiros buscando emprego. Os moradores originais passaram a migrar para subempregos e alguns, menos afortunados, foram morar nas ruas.

Em algum momento incerto, e ninguém soube explicar o porquê, as vespas ressurgiram e, com elas, o problema da polinização. Temerosa de manipular a fauna outra vez, a cidade concentrou sua produção na cultura de cana-de-açúcar. A expansão da cana e o aumento do uso de venenos afetaram ainda mais as abelhas, o que não teve grande importância: a cidade se tornou um polo regional de produção de cachaça. E porque a cana-de-açúcar alimentava bem os bovinos de corte, multiplicaram-se as cabeças de boi.

Não foram exatamente pulgões – ninguém mesmo se lembrava do louco Samuel quando aconteceu – e não provocaram fome, mas não deram trégua as cigarrinhas nos canaviais. Causaram altas perdas na cultura, aumentando o custo de produção e reduzindo a qualidade da matéria-prima. Pela falta de monitoramento e estratégias de manejo, a praga vingou e a indústria da cachaça foi à falência.

Pouco se entendeu do que veio depois: os bois começaram a aparecer mortos e desolhados. Os populares, entre cronistas de praça e de televisão, registraram o insucesso das decisões tomadas às pressas pelo poder público. A prefeitura e o governo, expondo cifras e nomes, implicaram os biólogos consultados. Aturdidos, os últimos empurraram o transtorno para a seara espiritual: "Quando a ciência encontra seu limite, a fé deve recuperar seu lugar". Os sacerdotes, acostumados às explicações cíclicas, entreviram a oportunidade de ocupar o lugar dos cronistas, para isso repetindo como suas as palavras do louco Samuel: "É o fim dos tempos".

Então finalmente veio o fogo. Primeiro nas plantações, depois nos carros, nos bancos, nas farmácias, no comércio, nas casas, no hospital, na escola. Morreram todos. Menos os coveiros, que moravam numa cidade vizinha.

Jogo da memória

Eram duas ou três da manhã. Tive um daqueles despertares medonhos em que a pessoa abre os olhos e não se lembra de ter um dia estado viva. Tateei a mesa de cabeceira, acendi a luminária e alcancei o copo de água. Virei sonâmbulo aos quarenta, pensei, constatando que ele estava vazio, mesmo eu estando certo de não ter bebido tudo antes de me deitar. Atribuí a confusão à febre e fui até o banheiro mal segurando minhas vísceras. Vomitei.

Depois de uma ducha morna, senti o impulso de mandar uma mensagem para minha esposa. No entanto, bastou reler nossa última conversa para desistir da ideia. Ela estava certa: eu precisava respeitar seu espaço, o espaço de cada um de nós. Larguei o celular na cama e fui até a cozinha pegar água. Sentindo uma queimação no estômago, achei melhor fazer um chá de gengibre e comer algumas torradas. Rejeitei mais uma vez os remédios do dia a dia.

Olhei o relógio de parede, porém não retive as horas, distraído com uma ilustração feita a mão atrás dos números e dos ponteiros: uma bola de futebol, pintada em branco e preto com pinceladas grossas. Engoli as torradas quebradas com nacos de manteiga e levei a caneca do Homem-Aranha comigo pela sala. Abri a cortina, ignorei meu reflexo e bisbilhotei. No prédio à frente, um apartamento – provavelmente também do 14º andar – estava com a luz acesa. Imaginei um gêmeo meu sem febre, sem vômitos, sem resignação.

Deixei a sala em direção ao escritório. Não havia melhor hora para fazer o que há dias eu vinha postergando. Abri o notebook vermelho cheio de adesivos. Não sei como, mas minha esposa tinha a senha – talvez ele tivesse a passado de bom grado – e a havia enviado para mim. Digitei no teclado uma sequência arbitrária de letras, números e caracteres especiais.

Por não sei quanto tempo vasculhei pastas e arquivos. Não encontrei nada, ou ao menos nada do que eu procurava. Nenhuma carta, nenhum drama amoroso, nenhum desastre no colégio, nenhuma confissão de psicopatia. Nada que servisse ao meu propósito de descobrir um motivo. Engolfado nessa obsessão, meus olhos deixaram passar, na área de trabalho, um documento intitulado simplesmente "Livro". Só percebi o descuido quando estava prestes a desligar o notebook.

Cliquei duas vezes.

Nunca imaginei que ele estivesse escrevendo um livro, embora soubesse que gostava daquele tipo de passatempo, talvez para imitar o avô. Durante as férias, quando se cansava de reassistir aos mesmos filmes de super-herói, baixava no tablet livros amadores de terror e de ficção científica – muito previsíveis, dizia, só de ver o título e a capa dá pra saber o final, e por algum motivo continuava lendo, deitado na cama com a porta encostada, em vez de descer para jogar bola com os outros adolescentes do prédio. Como isso me irritava.

Livro talvez fosse uma palavra forte, pensei, ao constatar que o documento tinha apenas 28 páginas, desorganizadas numa confusão de fontes, tamanhos e espaçamentos de forma tal que entendi ser mais um projeto ou amontoado de ideias do que uma história propriamente dita. E se a primeira página indicava "sem título", ao menos trazia um resumo de poucas linhas. Era a história de uma professora de ciências insone, claustrofóbica e metida a vidente – tinha claramente se inspirado na mãe – que passava as madrugadas vagando por cemitérios enquanto registrava num caderno os epitáfios mais bizarros, até que, tão viciada na atividade, começava ela mesma a escrever epitáfios para conhecidos, que morriam pouco tempo depois de forma misteriosa. As próximas páginas listavam algumas das inscrições sepulcrais, acompanhadas de nomes genéricos e datas.

Depois de ler frases como "Escondeu o rabo até onde pôde", "Bagunçou o coreto" e "Mordeu os alunos da escola", senti a boca e a garganta ressequidas. Pigarreei e estiquei a mão pela caneca de chá. Vazia. Soltei um grunhido de hesitação e disse mentalmente que duas vezes era demais. Não tinha dado mais do que três goles pequenos no chá, que estava fervendo. Grudado à cadeira, esfreguei as mãos nos braços e pressionei os molares com a língua, desejando me teletransportar para a cama e descobrir, horas depois, que tudo não passava de um sonho febril.

Inventava essa desculpa quando senti alguma coisa roçar minha nuca. Girei a cadeira e não vi nada além da janela fechada. Foi com apatia que ouvi um vento soprar através dos buraquinhos da veneziana. Escancarei as duas partes, fazendo um barulho digno de acordar os vizinhos, e observei a rua de trás. Silenciosa, escura, vazia.

Reparando pela primeira vez no descontrole dos meus movimentos, voltei a pensar que tudo aquilo era efeito da febre. Ou da leitura de uma história macabra. Ou talvez tivesse enlouquecido, porque quando girei outra vez a cadeira, a tela do notebook estava abaixada e a caneca de chá, sumida. Recorri a uma combinação das hipóteses: ler palavras sombrias de um menino estranho com a testa a 38,6 ºC alucinava qualquer um. Sim, talvez a caneca nunca tivesse saído da cozinha, talvez minha esposa a tivesse jogado pela janela do 14º andar, talvez eu morasse no térreo.

Louco ou não, pensei, se eu abrir o notebook e não existir livro algum, se eu tiver chegado a esse ponto de confusão mental, vou quebrar tudo, o apartamento todo, primeiro, depois o cemitério, vandalizar todas as lápides ao redor, especialmente as cheias de frases toscas, escrever em pedra é coisa de neandertal, morto não fala, morto não sabe ler, morto não devia nem ter nome, é isso, quem morre perde a certidão, por quê, caralho, por quê, meus olhos recuperaram foco e pulei para a última página da merda do livro, até levantar de improviso e dar de costas para a tela na qual estava escrito o epitáfio que não tive tempo de ler: "Teve febre, tomou banho, bebeu chá".

Sem os dentes da frente

Tudo o que Igor mais queria naquele momento era ver de longe o Celta branco da mãe quebrando a esquina, ou já perto buzinando para ele enquanto estava distraído com o Game Boy. Chegaria em casa a tempo de cochilar, lanchar e assistir a Dragon Ball Z. Alguns empecilhos: a professora tinha liberado quase meia hora antes, a mãe costumava se atrasar às segundas-feiras e ele nunca teve um Game Boy. E Leonardo fazendo merda, é claro. Dessa vez, no entanto, não podia ficar parado. Não podia permitir coisa tão perversa acontecendo bem na sua frente. Mais que isso: na frente de trinta ou quarenta meninos e meninas, na rua da escola, divididos entre medrosos e coniventes.

Que Leonardo era um valentão todos sabiam na Escola Estadual Lysanias de Oliveira Campos e nas outras duas de que tinha sido expulso em Araraquara, mas aborrecer Otávio – nerd, doente, sem amigos – bem na semana em que tinha voltado, depois de meses afastado para tratar de um câncer, era coisa de filho da puta. Era o que Igor acharia em qualquer circunstância e não somente por ter visto a própria mãe quase morrer de câncer dois anos antes. Decidido, se destacou da multidão de garotos de dez a doze anos e parou à frente de Leonardo e Otávio, formando um triângulo.

Para de encher o saco dele, Leozão.

Se toca, Igor. Você tem dois palitinhos de altura, o Otávio é grande, gordão, não precisa de você pra se defender. Fala aí, gordão, você precisa desse anãozinho?

Se você não parar, eu vou na diretoria agora falar pra Carlota que você tá arrumando briga. Aí você vai ser suspenso e vai apanhar do seu pai que eu sei.

Quem é você pra falar de pai, moleque, seu pai é jardineiro, ele cuida de flor. Vai, pede pra ele umas rosas pra você dar pro Otávio. Você fica querendo defender ele tanto que só pode ser isso. Diz aí, gordão, esse anãozinho é seu namorado?

Pelo menos meu pai não bate em mim quando eu tiro nota vermelha. Quantas recuperações esse bimestre, Leozão?

Do lado direito de Igor, Otávio tirou as mãos dos bolsos da bermuda tactel e ajeitou os óculos. A camiseta do uniforme, apertada demais, suada demais, ganhou um pingo vermelho, muito mais vermelho do que seu rosto e pescoço. Encostada num poste, Beatriz, namoradinha de Leonardo e por quem Igor tinha uma queda, gritou apontando o dedo: ele tá sangrando, que nojo! Todos voltaram a atenção para Otávio, que esfregou o nariz com as mãos, se sujando ainda mais. Ali Igor viu uma expressão inédita no rosto do garoto: os olhos sem cílios de criança injuriada pela radioterapia se arderam, os lábios estavam intumescidos, os dentes castanholavam. A boca se abria como a de um peixe quase morto.

Não se mete nessas brigas, disse o pai de Igor certa vez ao ouvir sobre as provocações sofridas por Otávio, que moleque tem que aprender a se defender sozinho, ainda mais moleque grandão igual teu colega. Mas, pai, ele é bobão. Esses é que são um perigo, que um dia chegam armados na escola e atiram em todo mundo, tipo Estados Unidos, ouve o pai. Era o dia, Igor pensou na frente da escola, ainda impressionado com o semblante de Otávio.

Apreensivo com os próximos segundos, Igor olhou para Leonardo em busca da feição briguenta que tão bem conhecia. Para sua surpresa, e de todos que ali estavam, o provocador tinha recuado um ou dois passos e estava com as mãos levantadas, trêmulas, vacilando em frente ao peito. Beatriz parecia preocupada e Igor tirou algum prazer da cena toda. Otávio coçou a careca muito branca e, olhando para o chão, falou pela primeira vez:

Você acha que eu preciso de alguém pra me defender?

Calma aí, Tavinho. Eu tava só te enchendo, cara. O Igor que veio se intrometer à toa.

Não, você pediu, agora você vai ver se eu não sei brigar. Quer que eu prove? Quer que eu prove?

Igor sentiu um tímido entusiasmo ao ver Otávio se desvencilhar da mochila e a jogar para o lado. E por um segundo desejou que a mãe nunca chegasse. O entusiasmo desapareceu com os dois passos de Otávio em sua direção. Veio o primeiro soco; o medo se converteu em pavor com a queda na calçada. O pavor virou pânico quando, zonzo e incapaz de tirar Otávio de cima de si, Igor sentiu os ossos da cara latejando, a gengiva superior gritando um trec-splash bizarro, o gosto quente de sangue nos lábios rasgados. Cada segundo equivaleu a um minuto de propaganda antes de um episódio de desenho animado e Igor foi esmurrado até Otávio ser imobilizado por duas vigilantes que se apresentaram depois de Beatriz correr até o portão da escola e gritar: rápido, rápido, o gordo maluco da 6ª C vai matar o idiota!

Em pé, sufocado do vento forte, ou mais provavelmente da surra testemunhada, Leonardo evitava o olhar suplicante de Igor para não correr o risco de sentir culpa. Contraído, os olhos apertados como gambá-de-orelha-branca capturado, rompeu num choro convulso ao ver o Celta branco da mãe de Igor se aproximando, cena que seria lembrada pelos dois garotos em meio a risos, seis anos depois, durante seu discurso conjunto de oradores da turma de formandos.

De Otávio, expulso da escola, ninguém mais teve notícia.

Bruxismo

Fumo de tabaco rói o ar.

A varanda do apartamento é um oásis de fumaça e escarro sem nenhum moralismo. A fresta na janela de vidro empurra a maresia sulforosa e propaga gradualmente a cantilena distante do mar que irrompe, em baques duros, ruidosos e brancos, tropas açodando areia, trovoando a brisa, perpetuamente. O porcelanato não havia se livrado por inteiro da umidade, muito menos a mesinha redonda de alumínio, corroída, o tampo ocelado por gotículas de chuva. E de sangue.

O cômodo apertado recebeu dezenas de pessoas nos últimos meses e viveu cenas impossíveis de serem traduzidas para o cinema: um escorregão que terminou com a morte de uma calopsita albina, uma felação interrompida por um furgão de som anunciando ovos, uma partida de buraco valendo uma colherada de maionese picante vencida. Agora não é diferente:

Laura, é sério que você quer acabar com sete anos de casamento só porque eu ranjo os dentes enquanto durmo?

Sentada na cadeira de praia, o corpo folgado numa camisola preta de renda com estampa de lua crescente, Laura suspirou o vento esfumaçado e puxou mais um trago. O curativo na mão esquerda indicava o mesmo desleixo com que os fragmentos do cinzeiro de cristal haviam sido recolhidos e dispostos no centro da mesinha. Estivesse no pileque como na noite anterior, cercando frango e batendo com a língua nos dentes, retrucaria Salvatore de improviso. Salvo, eu posso aguentar todos os seus defeitos, todas as suas chatices, mas o meu problema é mesmo com essa coisa de ranger os dentes. Ele diria "entendo", tentando parecer compreensivo e disposto a mudar, e Laura diria não, não entende, eu tenho vontade de arrumar o quartinho da bagunça, revirar as estantes e as caixas cheias de pó só pra achar a marreta de pedreiro que meu pai te deu no Natal de 2013 e dar com ela no meio da sua mandíbula sempre que dá quatro horas da manhã e você rrrhc rrrhc rrrhc, eu juro, não tem vogal a porra da sua rangida, é cascalho trepando com entulho. E não adianta querer ir agora marcar dentista, usar aqueles aparelhos de silicone, eu atingi o meu limite depois de passar o último ano acordando três vezes por noite com a sensação de que tem um psicopata esfregando o crânio de uma ratazana obesa contra um piso de caquinho.

Como as palavras não chegaram a ser ditas por Laura, cansada demais para brigar e tentando fintar a ressaca com água gelada e cigarro, Salvatore precisou insistir:

É sério, Laura? Você quer se separar por causa dos meus dentes?

Divorciar, Salvo. Por causa do rangido deles, sim.

Duas certezas, estranhamente vinculadas, Laura extraiu dos primeiros meses de separação: documentário é tipo filme, só que com gente feia, e praga de ex-marido é tão grave quanto praga de sogra. Felizmente a dela há anos praguejava apenas na horizontal.

Tudo parecia bem. O apartamento de Bertioga era de Laura, é claro: tomar decisões começa por conhecer os limites do teto. Fosse diferente, mais provável que ainda hoje estivesse suportando o bruxismo de Salvatore, cuja partida deixou nela uma sequela risível e ominosa.

Dormindo sozinha, livre das mandíbulas nervosas, Laura foi acometida pela reincidência de sonhos envolvendo dentes. No mais aflitivo deles, está na varanda dando uma sessão de fisioterapia para uma amiga da vizinha e sente os dentes moles na boca crec cric crac sobre a mesinha de alumínio, fragmentos branco-amarelados e fios de sangue ao redor de uma bola de borracha verde que explode e a faz acordar levando os dedos suados a medir a firmeza das suas gengivas.

Mais ou menos memoráveis, semanas a fio Laura se viu às voltas com esses pesadelos. Num domingo abafado, acordou acompanhada de um homem pela primeira vez desde a partida de Salvatore. Era um argentino, músico da noite, tocava num bar de Boiçucanga. A cuequinha tipo fio-cheiroso do *hermano* já seria motivo suficiente para fazer daquela manhã inesquecível, a bundinha pálida a encarando como uma muçarela de búfala abandonada no prato para uma foto num almoço de família, mas nada comparável à sensação de acordar percebendo que finalmente não tinha sonhado com dentes. Só não esperava que o argentino, em meio à ressaca antes de ir embora, fosse reclamar que um dos seus incisivos superiores estava mole.

Com algum fascínio, Laura matutou que o documentário em que Salvatore estava trabalhando antes da separação – sobre a relação entre a perda de dentes e a violência na infância e do qual ele falava todas as noites – talvez tivesse algum significado maior. O projeto original era na verdade um curta de animação, uma história baseada num conto de um escritor desconhecido sobre um menino doente que sofria bullying. Laura, é sério, os dentes têm alguma relação secreta com o autoritarismo, o ex-marido repetia fervoroso.

Laura não prestava atenção suficiente quando Salvatore desatava a falar sobre filmes, dentes e política, tão ou mais cansativo do que ouvi-lo rosnando sobre seu potencial na infância para ser jogador de futebol, por isso não saberia explicar o que podia estar acontecendo, mas teve certeza de que o amolecimento do dente do argentino era o que tinha poupado ela dos pesadelos. Ou então, de tanto sonhar com dentes caindo, havia transmitido o infortúnio para o travesseiro ao lado. A segunda hipótese a satisfazia: não seria absurdo pensar que duas cabeças cheias de álcool dividindo a mesma cama são capazes de alguns magnetismos sinistros.

Talvez tudo não passasse de uma desculpa para dizer a si mesma, semana depois de semana, que era aceitável suportar os mesmos pesadelos durante os dias de trabalho com a condição de que, nos finais de semana, levasse diferentes pessoas para a cama. Mais importante que o pretexto, o efeito: se Laura acordava com alguém do lado, se encontrava absolvida de sonhos dentários, não havendo necessariamente uma compensação na boca de quem a acompanhava.

Sozinha na cama, a desconsiderar a presença do corpo de Liam, um dinamarquês quase dez anos mais novo com quem havia saído algumas vezes, Laura espreguiçou e se deitou com o umbigo para cima. Enquanto esperava o alarme, sonolenta, e reconstituía a noite anterior, lembrando do gringo bêbado saindo dela para vomitar no chão, teve a certeza de que se existiu alguém com mau gosto para homens, bem, foi Rei Arthur, tinha lido isso na internet. Mas ela ficava com o segundo lugar.

O despertador tocou às dez horas. Laura se conhecia bem demais para sujeitar qualquer um à manhã seguinte, quando fica fria, ranzinza, impaciente para estar logo sozinha. Não mudaria isso, cansada demais para grandes renovações. Megera, alguém diria. Depois do divórcio, ficou fixa. Estabelecida. O esmalte dos dentes, depois o temperamento: as duas partes mais duras do corpo. Antes que ela se virasse semiacordada para dizer a Liam que ele precisava sair, ouviu a descarga do banheiro. O ronco foi acompanhado de uma gargalhada. Que tipo de nojeira o protótipo de viking devia ter aprontado que o fazia se divertir no banheiro da casa de uma mulher que havia conhecido há menos de um mês? Quando ele reapareceu, enorme e bobo como um labrador descobrindo o mar, Laura correu a veneziana e viu a claridade abrir nele um sorriso, forçosamente chupando um feixe de luz.

Auh-a, óa cagaga que'u hiz.

Foi um pouco difícil entender o novo léxico que Liam criava, misturando português e inglês, tamanho era seu esforço para não mexer a língua na boca cheia de sangue – no espaço destinado a um dos incisivos centrais de cima, uma ausência carnosa. Uma vez retomando o controle sobre os fonemas, Liam explicou que, assim que chegaram bêbados no apartamento, Laura o desafiara a abrir uma noz usando apenas a força das mãos. E o dente com isso, pensou sozinha, sem perguntar, percebendo que Liam, além de ter mamilos muito pequenos, era burro como de fato parecia. Disse a ele que não se preocupasse com a sujeira, ela estava acostumada, e ofereceu uma camiseta larga que adorava apesar de nunca ter usado.

Não demorou para suspender as saídas de final de semana. Renunciou aos encontros por algum tempo, o suficiente para perceber que já havia passado da hora de escolher alguém com quem dividir suas experiências grotescas envolvendo sonhos, sexo, dentes. Se bem que não foi escolha: Katherine era sua única amiga capaz de ouvi-la sem duvidar do que ela estava falando e, em especial, uma vez acreditando no poder que Laura tinha em mãos, não a julgar pelo uso excessivo que dele fazia. Ela insistiu por dias com a amiga para que adiantasse seus planos de visita e, tão logo seu calendário emprestou um final de semana de folga, o porteiro avisou que Katherine estava subindo.

Onze da manhã pareceu tarde para café e cedo para vinho tinto; abriram um vinho branco. Katherine, as olheiras de quem tinha tido uma semana difícil, contou sobre a pediatria, o novo apartamento, a nova namorada e neste último caso ela mesma não pôde evitar as habituais piadas de freira. A amiga tinha uma teoria de que todas as freiras eram lésbicas e Laura nunca sabia se devia rir daquele comentário.

Comeram uma tainha não mais que mediana no restaurante da esquina e, na volta, pararam na banca para comprar cigarro e seda. Sem usar o cartão físico há meses, mais o entorpecimento do vinho e da cerveja que acompanhou o peixe, por pouco Laura não errou a senha duas vezes e, sentindo um calafrio no couro cabeludo, deu com os olhos na rua, inquisitiva, como se estivesse sendo observada. A amiga, distraída procurando o preço de uma boneca Polly e surpresa de encontrar o item numa banca de jornal em Bertioga, se assustou ao ver Laura enfiando na bolsa dois maços de cigarro. As duas reganharam a calçada; as palavras de Katherine se apertaram entre os latidos de um fila brasileiro e as reprimendas do seu dono velho, a poucos metros, os dois diabos aguardando o farol na faixa de pedestres.

Laurinha, desde quando você voltou a fumar?

Tá foda, tô fumando igual uma puta velha. Tipo, modo de dizer, eu não

Relaxa. Eu nem lembro se minha mãe fumava. Pra falar a verdade, hoje já não lembro de nada de antes do orfanato. Mas foco em você, amiga, eu quero ouvir direito essa história toda com o Salvatore, mas vamos sair logo daqui que se eu ficar mais um segundo vou mandar esse cachorro tomar no cu.

Deve estar latindo pra nossa cara de sono. Vamos tirar um cochilo?

Ih, eu conheço bem os seus cochilos.

Às vezes não há tempo para conferir o desastre.

A coleira se solta da mão do velho. Ninguém poderia imaginar que tipo de sortilégio haviam operado no instinto daquele cachorro para que arrancasse em direção às duas amigas. Vidente, protetora, Katherine empurra Laura para dentro da banca e grita para o dono abaixar a guilhotina – o último fio antes do horror. A dor deve ter sido tamanha que uma só bocada na perna foi o suficiente para derrubá-la, os pedestres imediatamente atraídos pela cena.

Impelido pela agonia nos olhos de Katherine, a perna esguichando e tingindo a calçada, o dono da banca desiste do portão de ferro. Apressado, enrola um Estadão e dá com a testa do vice-presidente no focinho do cachorro enquanto Laura grita para o dono se apressar e detê-lo antes que o pior aconteça. O velho estaca na faixa de pedestres, os braços molengas e os olhos dispersos, enfeitiçado. Esquece o jornal, joga água gelada na cara dele, grita uma voz, e a ideia faz Laura se lembrar do spray de pimenta na bolsa.

Se Katherine suportava calada a dor e o pânico de sentir os dentes da fera dilacerando sua pele, prensando o músculo da panturrilha, ela desata em guinchos quando Laura aperta o spray desregulado em direção aos olhos do cachorro.

Desnorteado, irredutível, o fila brasileiro continua a atacar a perna de Katherine: desvencilha-se de quando em quando para espirrar, depois reinveste com o dobro de selvageria. O assalto não dá pinta de um fim tão próximo, a perna da amiga lacerada do joelho ao tornozelo, e Laura se esgoela implorando para que alguém arrume uma pedra, um pedaço de pau, uma faca. O calafrio de mais cedo lambe seu pescoço e ela não tem tempo de reconhecer o vulto que passa ao seu lado em disparada, o braço esquerdo abrindo arco, o corpo se inclinando e diminuindo a velocidade, a perna se dobrando para trás, o calcanhar direito subindo quase até a nádega antes de se soltar feito estilingue.

O chute ecoa o mesmo som de um saco de batatas arremessado por um gigante contra uma parede de concreto. A pancada é tão forte que o cachorro, apesar do porte, é lançado meio metro para a frente. Constatando o malefício, o animal gane e busca nas patas a tração necessária para se erguer e recomeçar a agressão. À toa. O segundo chute, nele contido o ímpeto de um coice de burro, abate em cheio sua mandíbula; o uivo fica por conta do dono, despertado do encanto ao perceber o silêncio se impondo aos poucos na barriga do seu bicho.

Salvatore abandona o cachorro à própria agonia e, aos gritos de "assassino filho da puta" rasgando desde a garganta do velho, toma Katherine nos braços. Ele está determinado e pede que Laura corra para tirar o carro da garagem. Pendendo no ar, triturada e mastigada, a perna da amiga pinga densa como a pimenta que haviam usado na tainha. Na porção interna da panturrilha, um canino rompido se sobressai na pele como uma lápide de mármore no campo-santo. Com a chave à mão, Laura tromba de propósito no velho, maravilhada com a morte iminente do cachorro maldito, e diz que filho da puta é ele.

Na saída da garagem, percebe que há algo de estranho: Salvatore está guiando, ela está ajustando o cinto de segurança e, no banco de trás, Katherine brinca de boneca com uma menina loira franzina sentada numa cadeirinha. Para onde estamos indo? Para Guaratuba, nadar com os tubarões, responde Salvatore. Sim, vamos ensinar essa princesinha a nadar com os tubarões, completa Katherine. O calor no peito e no rosto coagem Laura como uma sedução e ela não consegue perguntar sobre o ataque do cachorro; não consegue perguntar por que Katherine não está com a perna ferida; não consegue perguntar quem é aquela garotinha no banco de trás. Faz força com as têmporas, temendo ser tomada por louca, e sente o próprio bafo, a respiração ofegante de peixe e de vinho branco pouco disfarçada pela pasta de dente. Laura ouve Katherine chamando seu nome e olha para o retrovisor: o corpo da amiga não está mais ali, nem o da menina, nem o de Salvo, nem mesmo há carro ou rua, apenas o som de chuva e da voz abafada de Katherine que repete seu nome enquanto sente o corpo chacoalhar, acorda, Laurinha, seus olhos se abrindo lentos para vê-la ao seu lado, sentada sem roupa na cama úmida, a perna imaculada, os dedos pressionando na boca entreaberta um algodão escarlate, e a explicação balbuciante de que tinha ido fechar a janela da varanda em meio à chuvarada quando escorregou e bateu com a boca na porra da mesinha.

Cara leitora, caro leitor

A **Aboio** é um grupo editorial colaborativo.

Começamos em 2020 publicando literatura de forma digital, gratuita e acessível.

Até o momento, já passaram pelo nossos pastos mais de 400 autoras e autores, dos mais variados estilos e nacionalidades.

Para a gente, o canto é conjunto. É o aboiar que nos une e que serve de urdidura para todo nosso projeto editorial.

São as leitoras e os leitores engajados em ler narrativas ousadas que nos mantêm em atividade.

Nossa comunidade não só faz surgir livros como o que você acabou de ler, como também possibilita nos empenharmos em divulgar histórias únicas.

Portanto, te convidamos a fazer parte do nosso balaio!

Todas as apoiadoras e apoiadores das pré-vendas da **Aboio**:

—— **têm o nome impresso nos agradecimentos de todas as cópias do livro;**

—— **são convidadas a participarem do planejamento e da escolha das próximas publicações.**

Fale com a gente pelo portal **aboio.com.br,** ou pelas redes sociais (**@aboioeditora**), seja para se tornar uma voz ativa na comunidade **Aboio** ou somente para acompanhar nosso trabalho de perto!

Vem aboiar com a gente. Afinal: **o canto é conjunto.**

Apoiadoras e apoiadores

128 pessoas apoiaram o nascimento deste livro. A elas, que acreditam no canto conjunto da **Aboio**, estendemos os nossos agradecimentos.

Adriana De Marco
Adriane Figueira
Alexander Hochiminh
Alexandre Ferraz
Allan Gomes de Lorena
Ana Carolina Anjos
André Pimenta Mota
Andreas Chamorro
Angela Maria Teresa De Marco
Anthony Almeida
Arthur Lungov
Barbara Will
Bianca Monteiro Garcia
Caco Ishak
Caio de Camargo Maia
Caio Girão
Caio Kurosaka
Caio Narezzi
Calebe Guerra
Camila do Nascimento Leite
Camilo Gomide
Carla Guerson
Carolina Nogueira
Cecília Garcia
Cintia Brasileiro
Cleber da Silva Luz
Cristina Machado
Daniel Dago
Daniel Dourado
Daniel Giotti
Daniel Guinezi
Daniel Leite
Daniela Rosolen
Danilo Brandão
Danylo Hatti
Débora Toledo Gonçalves
Denise Lucena Cavalcante
Dheyne de Souza
Diogo Vasconcelos
Barros Cronemberger
Eduardo Rosal
Fabrício Reis Costa
Fabrizia De Marco
Febraro de Oliveira

Felipe Genari
Felipe Sanchez Barbosa
Filipe Coutinho Costa
Flávia Braz
Francesca Cricelli
Frederico da Cruz Vieira de Souza
Gabo dos Livros
Gabriel Bertolli de Almeida
Gabriel Cruz Lima
Gabriela Machado Scafuri
Gael Rodrigues
Giselle Bohn
Guilherme da Silva Braga
Guilherme Lopes
Guilherme Pavarin
Gustavo Bechtold
Heloísa Cardoso
Henrique Emanuel
Humberto Pio
Jadson Rocha
Jailton Moreira
João Luís Nogueira
João Vicente Fernandez Pereira
Joca Reiners Terron
Jonathan Calleri
Jose Tadeu Balbo
Júlia Vita
Juliana Costa Cunha
Juliana Slatiner
Juliane Carolina Livramento
Laís Monte
Laura Redfern Navarro
Leitor Albino
Leonardo Eguchi Sebastiany
Leonardo Pinto Silva
Lolita Beretta
Lorenzo Cavalcante
Lucas Ferreira
Lucas Lazzaretti
Lucas Schümann
Lucas Verzola
Luciano Cavalcante Filho
Luciano Dutra
Luis Felipe Abreu
Luísa Machado
Luiz Fernando Belezoni Palma
Luiz Gustavo Lopez Mide
Manoela Machado Scafuri
Marcela Roldão
Marco Bardelli
Marcos Vinícius Almeida
Marcos Vitor Prado de Góes
Maria Inez Frota Porto Queiroz
Mariana Donner
Marina Lourenço
Mateus Torres Penedo Naves
Mauro Paz
Menahem Wrona
Milena Martins Moura
Miley Ray Cyrus
Minska

Natalia Timerman
Natália Zuccala
Natan Schäfer
Nicole Fuke
Otto Leopoldo Winck
Paula Maria
Paulo Chun
Paulo Scott
Pedro Torreão
Pietro Augusto Gubel Portugal
Rafael Mussolini Silvestre
Rita Aragão de Podestá
Rodrigo Barreto de Menezes
Rodrigo Moura
Sandra Regina
Fernandes Pagano
Sérgio Barboni
Sergio Mello
Sérgio Porto
Thais Fernanda de Lorena
Thassio Gonçalves Ferreira
Valdir Marte
Victor Durigan
Weslley Silva Ferreira
Yvonne Miller

Outros títulos

1. Minska, *Ossada Perpétua*
2. Paulo Scott, *Luz dos Monstros*
3. Lu Xun, *Ervas Daninhas,* trad. Calebe Guerra
4. Pedro Torreão, *Alalázô*
5. Yvonne Miller, *Deus Criou Primeiro um Tatu*
6. Sergio Mello, *Socos na Parede & outras peças*
7. Sigbjørn Obstfelder, *Noveletas,* trad. Guilherme da Silva Braga
8. Jens Peter Jacobsen, *Mogens,* trad. Guilherme da Silva Braga
9. Lolita Campani Beretta, *Caminhávamos pela beira*
10. Cecília Garcia, *Jiboia*
11. Eduardo Rosal, *O Sorriso do Erro*
12. Jailton Moreira, *Ilustrações*
13. Marcos Vinicius Almeida, *Pesadelo Tropical*
14. Milena Martins Moura, *O cordeiro e os pecados dividindo o pão*
15. Otto Leopoldo Winck, *Forte como a morte*
16. Hanne Ørstavik, *ti amo,* trad. Camilo Gomide
17. Jon Ståle Ritland, *Obrigado pela comida,* trad. Leonardo Pinto Silva
18. Cintia Brasileiro, *Na intimidade do silêncio*
19. Alberto Moravia, *Agostino,* trad. André Balbo
20. Juliana W. Slatiner, *Eu era uma e elas eram outras*
21. Jérôme Poloczek, *Aotubiografia,* trad. Natan Schäfer
22. Namdar Nasser, *Eu sou a sua voz no mundo,* trad. Fernanda Sarmatz Åkesson
23. Luis Felipe Abreu, *Mínimas Sílabas*
24. Hjalmar Söderberg, *Historietas,* trad. Guilherme da Silva Braga
25. André Balbo, *Sem os dentes da frente*
26. Anthony Almeida, *Um pé lá, outro cá*
27. Natan Schäfer, *Rébus*
28. Caio Girão, *Ninguém mexe comigo*

EDIÇÃO Leopoldo Cavalcante

ASSISTÊNCIA EDITORIAL E REVISÃO Marcela Roldão

COMUNICAÇÃO Luísa Machado

FOTOGRAFIA DA CAPA Nane

Grafia atualizada segundo o Acordo Ortográfico da Língua Portuguesa de 1990, que entrou em vigor no Brasil em 2009.

Os personagens e as situações desta obra são reais apenas no universo da ficção: não se referem a pessoas e fatos concretos, e não emitem opinião sobre eles.

Dados Internacionais de Catalogação na Publicação (CIP)
Aline Graziele Benitez — Bibliotecária — CRB 1/3129

Balbo, André
Sem os dentes da frente / André Balbo. -- São Paulo: Aboio, 2023.

ISBN 978-65-85892-01-8

1. Ficção brasileira I. Título.

23-180156 CDD-B869.3

Índices para catálogo sistemático:
1. Ficção : Literatura brasileira B869.3

[2023]

ABOIO
São Paulo — SP
(11) 91580-3133
www.aboio.com.br
instagram.com/aboioeditora/
facebook.com/aboioeditora/

Esta obra foi composta em Adobe Text Pro
O miolo está no papel Pólen® Natural 80g/m².
A tiragem desta edição foi de 500 exemplares.
A impressão foi da Hellograf – Curitiba, Paraná.

[Primeira edição, novembro de 2023]